怪談師の証
呪印

伊計　翼

JN201078

竹書房文庫

目次

証　夢の話について　8
同調　11
旅館　12
祓う　13
移動　14
病院の風　15
会場　18
面白い　21
ラブホテルの怪　23
さする老婆　28
さする老婆　2　32
歩いている　35
死んだネコ　39
証　実話と語り　46
初金縛り　49
バス停の鬼　52

すべり台のひと 54
自殺目撃談 56
事故目撃談 57
よく考えたら 59
必ず二回 64
風呂は気をつけろ 66
厭なタクシー 69
住所どこだっけ 74
きた 79
踊り場のおんな 82
バトンタッチ 83
あそぼ 85
安心 87
待ってるよ 89
ゆうれいか人間か 93
雨のひと 96

証　知っておくこと 98
懐かない子ども 102
船が来る 106
コンパの帰り 109
九時よ 112
それでは 115
変な人 116
カッケ 117
つぶす 118
紙 119
蜘蛛のような 120
警察官の憂鬱 122
変になる席 128
高速の喫煙スペース 132
デパートの喫煙所 134
煙草はベランダで 138

龍神さま 142
LINE怪談 145
建築現場の怪 157
迷い老人 159
床屋の会話 169
夜なり 172
夜なり 2 177
夜なり 3 180
よる、なり 183
変質者 186
あはは 187
怪談会の写真 188
紅いシャボン玉 191
中津のマンション 193
ママチャリ 195
証 平成怪談 200

夢も幻も世の一部です。怪談師はこの事実を受け入れなければなりません。自分がみえないから存在しないと断じるのは乱暴なのです。言葉も行動のひとつであることを忘れずに、耳をすませることが大切なのでしょう。常世の声なのですから。

証　夢の話について

　怪談を類型に分類したとき、もっとも多いのが夢の話であろう。「怖い話はあるか」と聞かれたら、ひとは「いちばん怖かった体験」を話す。一般的に怖いことなど日常の生活では滅多に起こらない。そうなると、いちばん怖いと思ったことで「こんな夢をみた」と話すひとが多いのは当たり前だ。夢とはいえ、本人が怖かったのは絶対に間違いない。読者の方々のなかにも怪談を読んで「ただの夢オチか。面白くない」とガッカリした経験があるひとも、いるのではないだろうか。

　夢が「面白い話」となるのは現実とリンクするもの以外、中々むずかしく「夢通りのことが実際に起こる、予知だった」「夢で逢った人物が実際に現れた」「他人と同じ夢を共有していた」と例をあげると、こういったところだろうか。

　夢の話が面白くないといわれる理由の大きな要因は「ただの夢だから」や「本人しかみられないもの」もしくは「他人に再現することができないもの」だからかもしれない。

だが、夢の話をおざなりにしてはいけない。

先にあげた例のなかに、分類できない話も少数だが存在する。

ある記者の話だが、設定をすこし改変して記したのが、次のようなものだ。


記者はその時期忙しく、急な予定ばかりであちこちを走りまわっていた。

ある事故が起きて弁護士のAさんという男性に取材を頼んだ。取材は事故に関係する条例や法律のことで、彼が得意とする内容だった。Aさんは取材依頼が数時間前にあったにもかかわらず、快く取材を受けてくれる優しい性格だった。

取材が終わり、雑談をしていると彼から「最近同じ夢をよくみる」と話された。

夢は赤ん坊がベビーベッドに寝ているというものだった。

その横に六歳くらいの男の子が立っている。

突然、部屋にもの凄い表情の見知らぬ女性が入ってきた。

女性は鼻血を垂らしながら奇声をあげて、眠っている赤ん坊に走りよる。

そして手に持っていた包丁で、眠っている赤ん坊を何度も何度も突き刺した。

ベビーベッドの柵のあいだから血が流れ、壁に貼ってあったアニメのポスターにも鮮血が走る。女性は振り返り、恐怖のあまり身動きがとれない男の子を睨みつけて「お前も死ねッ」と襲いかかる――という恐ろしい夢だった。

Aさんは、なぜそんな夢をみるのか心当たりがなく困っていると話した。

記者は真っ青になった。

薬物中毒だった母親に、弟が刺殺された状況と寸分違わず同じだったからだ。

同調

バラエティ番組をみながら笑っていると、自分以外の笑い声が聞こえる気がする。
テレビを消して耳をすますと、どうやら笑い声は隣人のようだ。
(なんだ、となりが同じ番組をみていただけか)
翌日、孤独死した隣人の遺体が発見された。
死後、二週間経っていたそうだ。

旅館

旅行へいっていた妻が帰ってきて「昨日変なことがあった」と話した。

深夜に旅館の部屋で目覚めると、隅でなにかが動いていた。不思議に思って目を凝らす。常夜灯の薄明かりのなか、日本人形が二体、折り重なっているのがわかった。

昼間は人形なんてなかったのに――。

うえに乗っている人形が、したの人形にむかって腰を振っている。

ぎょっとして目を凝らすと、したの人形がこっちをみつめて笑っていた。

すぐに布団を頭からかぶり、しばらく震えていた。


朝になったら人形は消えていたという。

旦那は一笑にふしたが、心中穏やかではなかった。

妻がいないその夜、愛人を家に連れこんでコトにおよんでいたからだ。

祓う

夕方、某放送局の集金が家にきた。
一度も払ったことがないので、
「ふざけるな。だれが払うか、バカ」
ドアを閉めた。
夜になってポストに（お前のせいで自殺する）と書かれたメモが入っていた。
メモを丸めて「勝手に死ね」といいながら、そこらに投げ捨てた。
その日から深夜にインターホンが鳴るようになった。
ドアを開けても誰もいない。

最近はお祓いすることを考えているそうだ。

移動

友人からもらった心霊写真を眺めていた。
並ぶ鳥居の奥に、男らしき生首が浮いているようにみえる写真だった。
パソコンの画面で拡大して確認しようと、写真をプリンターでスキャンする。
するとパソコン画面にただの鳥居が並んでいる写真が映った。
「あれ？　なんでだ？」と不思議に思って、プリンターの写真を確認する。
先ほどまで写っていた生首が消えていた。
「……どこにいったんだ？」
そうつぶやいた瞬間、画面いっぱいに男の顔が映り、パソコンの電源が切れた。
もうなにをしても、パソコンは起動しなかった。

病院の風

看護師をしているYさんという女性の体験である。
夜勤のとき、ナースステーションで同僚と他愛もない世間話をしていた。
すると、彼女たちの真横を風が通り抜けた。
開けっ放しだったのかなと、ふたりして窓に目をやるが閉まっている。
不思議に思いながらも時間になったので、Yさんは病室の見廻りにいった。
懐中電灯を片手に、廊下を歩いて、部屋をひとつひとつ確かめていく。
ある個室に入ったとき、赤いひかりが点滅しているのがわかった。
それはベッドの横にある、ちいさなテーブルに置かれたデジタル時計のひかりだった。
壊れているのか、ずいぶんと先に時間がずれたまま止まっている。
時計の横になにかが倒れているのに気づいた。
(あれは……写真立てだな)

いまベッドに横たわっている意識のない老女の家族が持ってきたと思われる、先に亡くなった夫の写真だったはずだ。彼女はもう躰を動かすことができないので、どうして写真立てが倒れているのかすこし妙に思えた。Yさんは写真立てをおこすと、老女のようすを確認して個室をでた。

その翌日の夜、老女は亡くなった。彼女が亡くなったのは止まっていた時計の時間ぴったりだったので、Yさんと同僚はあのとき、ナースステーションで吹いた風は老女の夫だったのではないかと思ったそうだ。

この話を聞いて次の話を思いだした。

病院の待合所で彼氏の診察が終わるのを、N子さんは待っていた。

退屈していると、中年女性が医者と看護師にむかって泣きながら叫びだす。

「だからしっかり診てっていったじゃない！　風が吹いたのに！　風がぁ！」

いったいなんのことだと、N子さんは不思議に思いながら女性をみていた。

どうやら女性は家族が亡くなったことを報されたばかりのようだ。

診察を終えた彼氏がもどってきて「なんの騒ぎ？」と尋ねてくる。

「わかんない。だれか亡くなったみたいだけど、変なことをいってるの」

N子さんは女性が叫んだ言葉を彼に伝えた。

「風？　風が吹くの、なにか関係あるのかなあ。どういうことだろ？」

「さあ、わかんない。お迎えがくるとか、そういうことじゃないの」

「そういうことだ」

突然、真後ろから男の声が聞こえてきた。

ふたりはすぐに振り返ったが、そこにはだれもいなかった。

会場

イベントＰＲの会社に勤めているＩさんの話である。

十数年前、ある地方にある商店街の企画でお化け屋敷をつくることになった。

その地域は過疎化が進んでどうしようもないと困っており、夏祭りに便乗してすこしでも集客をしたいという。

お化け屋敷の会場として使われるスペースを、Ｉさんが下見にいくことになった。

新幹線と電車を乗り継ぎ、最後はバスに乗って到着した。

Ｉさんが思っていたよりもさびれた町で、商店街のほとんどの店がシャッターを閉めており、時折ブティック店や眼鏡屋があったがひとりの客も入っていなかった。

事前に待ち合わせをしていた町内会長は、

「わざわざ遠いところ、ご苦労さまです」

夏も近いというのに毛玉だらけのセーター姿で、数本しかない前歯をみせて笑った。

「さあ、会場にむかいましょう。きっと気にいりますよ」

躰が不自由なようで、町内会長は右足を引きずって歩いている。Iさんは歩く速度を彼にあわせた。

案内してもらったのは商店街の本通りからずいぶん外れた路地にある店で、かなり前のものと思われる、色あせた「○○豆腐」という看板が掛かっている。

「ここはもと豆腐屋さんですか」

「二十年以上も前に閉めたんですがね、気味悪がって借り手がつかんのですよ」

「気味悪がって？」

「なんといいますか、その、雰囲気が悪い。でも会場としてはもってこいでしょう？」

そういいながらシャッターを開けると、カビの臭いがあたりに広がる。

もと豆腐屋だからか店内には、大きなシンク台がいくつか壁によせられ放置されていた。木の破片やゴミ袋が散乱してホコリが舞っている。

「汚れていますが、準備に入るまでには片付けておきますよ」

この空間をどのように使うか、Iさんはイメージしていた。

（思ったよりは狭いけど、迷路みたいにしたらどうだろうか）

彼が考えていると「あの……Iさんですか？」と後ろから声をかけられた。

年配の男性が外に立っており、目を見開いてこっちをみている。

「はい、そうですが……」

「ああ、よかった、でもどうしてここに？　だれか会場を教えたんですか？」

「はい、こちらの町内会長さんに……」

つい今しがたまで真横にいて、案内してくれていた町内会長の姿がない。

「町内会長は私です。用事で遅刻してしまって……いま待ちあわせ場所にむかっていたんですよ。だれがここを教えたんですか？　鍵も閉まっていたはずなのに」

このひとが町内会長？　ではさっきの男はだれなのだ？　いや、その前に男はいったいどこに消えたんだ？　Iさんが混乱していると「ここいいでしょう？　本当にお化けがでるんですよ」と男性が続けた。

「酔っぱらって事故で亡くなった、豆腐屋のオヤジがでるらしいんですよ」

前歯が二本しかないオヤジなんですけどね、と男性は笑った。

その会場は実際にお化け屋敷として使われたという話である。

面白い

私は怪談社という団体に所属している。

このような原稿を書くだけでなく、テレビなどの映像メディアに出演したり、舞台で怪談語りをしたりする団体だ。その怪談社が昨年より児童養護施設での活動をはじめた。怪談を通して教訓とコミュニケーションを伝える趣旨だ。たいていの施設の子どもたちは怖がりながらも目を輝かせ、現代の怪異談に聞きいっている。

ところが、ある施設でこんなことがあった。

その施設は割合的に幼い子供が多くて、みんなきゃっきゃと騒いでいた。

時間になり、実話怪談師の上間《かみま》月貴《つきたか》が怪談をはじめると、先ほどとは違い静かになった。ある子どもは耳をおさえて震えながら、またある子どもは兄や姉代わりである年上の子にしがみつきながら、初めて聞く怪談を楽しんで（？）いる。

いくつか話が進むと、突然ひとりの男の子がケタケタと笑いだした。

まわりの子が「静かに」と注意をするが、彼は笑うのを止めようとしない。

端で子どもたちと一緒に怪談を聞いていた先生がやってきて「静かにしなきゃダメでしょ。なにがそんなに面白いの？」と男の子に尋ねた。

「面白い！　だって後ろにお化けがいるのに、平気で怖い話してるんだもん」

そういって彼はケタケタ、ケタケタと笑っていた。

ラブホテルの怪

大阪に住むSさんという男性が若いころに体験した話。

当時、彼には付きあいはじめたばかりの彼女がいて、ふたりで逢うのが楽しくて仕方がなかったそうだ。

ある夜、Sさんは仕事終わりに天王寺で彼女と合流した。

ふたりとも翌日休みだったので、近くのラブホテルに泊まることにする。

シャワーを浴びてからベッドで愛を交わし、まどろみかけたとき——枕元に置かれていた備えつけの電話が鳴った。

Sさんは音に驚きつつも、すぐに受話器をとった。

「あの、すみません、フロントです……ちょっとお尋ねしたいんですが」

「はい？　なんですか？」

「いま、だれか部屋から外に出ましたか？」

妙な質問にSさんは素っ頓狂な声で聞き返してしまった。

「……いえ、ふたりともいますが、どういうことですか？」

「いや、センサーに反応はなかったんですが……」

たいていのラブホテルのドアには感知センサーがついており、開閉すると受付でわかるようになっているところが多い。ホテルの従業員が話すには、そのセンサーに反応はなかったのだが、廊下の天井にある防犯カメラにひとが映っていたという。

「角度的に、そちらの部屋から出てきたハズなんですが」

「……なにいってるんですか？　ふたりとも部屋にいますよ」

「そうですか、ならいいんです。すみません。失礼しました」

そう謝ると従業員は電話を切った。

受話器をもどして横に目をやると、彼女が驚いた表情でSさんをみている。部屋のなかが静かだったので、受話器から漏れた従業員の声が丸聞こえだったのだ。

彼女は怯えてしまい、ここにいたくない、ホテルから出たいと訴えだした。

Sさんがどんなに「大丈夫、気にせんでええ。フロントのひとの勘違いや」となだめても彼女は気持ちが悪い、眠れない、帰りたいと青ざめている。

Sさんは腹が立った。

いい雰囲気で休むところだったのに、いまのワケのわからない電話で台無しだ。だが、怖がる彼女の横で自分だけ、ぐうぐうと寝ることなどできない。

仕方がなく服を着て、彼女のいう通りホテルから出ることにした。

一階の受付につき、従業員にひと言いってやろうと乱暴に声をかけた。

「変なこと言うから彼女がビビって帰りたい言うてるぞ！　どうするねん！」

「あ、それはすみませんでした。申しわけありません」

「だいたい本当にひとなんかおったんか？　ビデオあるんやろ、みせろや！」

勢いづいたSさんは従業員を怒鳴りつけた。だが従業員は「いや、防犯カメラの映像をお客さまにみせるのは、さすがに……」と頭をさげるばかりだ。

Sさん自身、本心からそんな映像をみたいと思っていなかった。従業員が部屋の利用料をタダにしてくれるのではと期待していたのかもしれないし、彼女の前なので強がっていただけなのかもしれない。眠くてイライラしていたのもあったかもしれない。

煮えきらない態度の従業員に「もういいわ、二度とくるか！」といいかけたとき。

「わかりました、では、こちらから、なかに入ってください」

従業員はSさんをフロントの奥へくるように促した。

彼はうなずき「オレが確かめてくるから、お前はここにおれ」と、彼女をその場に待たせて奥の事務室へと進んでいく。

帳簿だろうか、たくさんのファイルが並んでいる本棚があった。その横にある丈夫そうなラックに、小さなモニターとビデオデッキがたくさん並んでいた。

ホテルの入口や駐車場、フロントやエレベーター、そしてワンフロアの天井に二台ずつ、廊下を映すカメラがあるようで、画面にはそれが映しだされている。

どのフロアの廊下もたいして変わりなく、同じようにみえた。

「お客さまがお使いになっていたお部屋、ここなんですよ」

従業員が指さすのは画面の上部、ほんのすこしドアが映っているモニターだった。

さっきの部屋は廊下のいちばん奥の突き当たりにあった。天井のカメラはやや下向きに角度が設置されて廊下全体を映そうとしており、Sさんたちが使っていた部屋のドアは下半分ほどしか確認できなかった。つまりドア全体は映っておらず、下半分ほどしかみえない。

それでも隣のドアのうえには部屋番号が確認できるし、むかいあって部屋が並んでいるタイプのホテルではなく壁の片側だけに部屋が並んでいるので、みえているドアは間違いなくSさんたちが使っていた部屋だ。

従業員は「じゃあ流しますね」とビデオのボタンを押した。

一瞬ノイズが走って録画された映像が映しだされる。

瞬きもせずに画面をみていたSさんは「あッ」と思わず声をあげた。

奥からスーツを着た男が現れた。

それは白髪の老人で、迷いなくまっすぐ歩き、画面の下部に消えていった。

驚いているSさんをよそに従業員は早送りのボタンを押した。しばらく進むと老人が現れた画面の奥のドアが開いて、Sさんと彼女が現れる。

「映っているでしょう。でも、このカメラにしか映っていないんです。この画面の中央あたりで、隣の画面のカメラに映るはずなんですけど……確認できないんです」

従業員は真っ青な顔で「どう思います？」とSさんに尋ねたそうだ。

さする老婆

U子さんが喫茶店で仕事の打ち合わせをしていたときだ。

相手は同じ会社の先輩だった。明るいのだが、すこし傲慢なところがある男性。U子さんはそういう相手の扱いは得意だったので、聞き上手に徹しながらも仕事の話を進めていた。

「……まあ、そういう気遣いも必要だからね。U子ちゃんも気をつけて」

「そうですよねー。あ、すみません。わたし、ちょっとトイレに」

持ちあげながら話を進める彼女のおかげで、先輩はすっかり調子にのっていた。

U子さん自身もスムーズに打ち合わせが進み、安心していた。用を足して時計をみると、もう夕方のいい時間だった。そろそろ会社に帰らなければ。

席にもどり「そろそろ、でましょうか」と先輩をみる。

ようすがおかしい。

先ほどまで煙草を吸いながらニコニコしていたのに、沈んだ表情でなにかを考えているようだった。

「先輩？　どうしました？」

「え？　いや……なんでもない。そ、そうだね。会社、もどろうか」

そんなくだりがあったが、U子さんはそのとき気にも留めなかった。

「お疲れ。時間ある？　一杯飲みにいかない？」

U子さんは夕方に打ち合わせをしていた先輩に声をかけられた。

口説かれたら厭だな、と思いながらもすこしだけ彼につきあうことにした。

居酒屋でビールを飲みながら他愛もない話をしていると、

「あのさ、さっきいった喫茶店で、なんか変なひとみたんだよね」

そう切りだし、こんなことをいいだした。

U子さんがトイレにと席を立ったとき。彼女がいたのでみえなかった、店のいちばん奥の席に目がいった。その席に、ひとりの老婆が座っているのをみつけた。

それは特に珍しくもないし、変わった特徴があるワケでもない。

ただ、その老婆は妙な動きをしていた。

てのひらをテーブルに当て、ゆっくりと前後に動かし続けている。おしぼりで拭いているのかなと思ったとき一瞬、老婆がこちらをむいた。すぐに目を逸らしたが、みえた顔が印象に残っているというのだ。

「印象に残っている？　どういうことですか？」

「いや、なんというか……そのお婆ちゃん、逢ったことがある気がするんだよね」

知りあいのような気がするのだが、まったく思いだせないそうだ。

「先輩もお若いので、むかし近所に住んでいたひとだったんじゃないですか？」

「そうなのかなあ。なんか妙なんだよね……」

先輩は首をかしげて「だれだったっけなあ」とつぶやいている。

「そのうちわかりますよ。まさか亡くなったお祖母ちゃんとかじゃないですよね」

まさか、と先輩はビールを片手に笑っていた。

数日後、U子さんは先輩に声をかけられた。

「このあいだの喫茶店での話、覚えてる？　また、みたんだよ」

あのお婆ちゃん、と彼は続けた。

数時間前、先輩は取引先の会社にいっていた。

商談の合間に相手が珈琲のおかわりをとりにいったとき、ふと窓の外に目をやる。

同じようなオフィスビルがあり、そこの窓のひとつにあの老婆がいた。

彼女は普通の会社員と同じように、真横をむいてデスクに座っていた。

「そんなワケないでしょう！　掃除のオバチャンを見間違えたんですよ」

「前にみたときといっしょの服だぜ、ドテラみたいな。掃除のひとがドテラ着る？」

老婆はやはり手を置いて前後に動かし、デスクをさすっているようだった。

「よく考えると……喫茶店でみたのと同じアングルだし、見間違えただけかも」

聞きながらU子さんは（本当に同じお婆ちゃんだったら怖いな）と思った。

「でも、やっぱりどこかでみたんだよ、あのお婆ちゃん。だれに似てるんだろ」

まだ先輩は前回の疑問が消えないようだった。

さする老婆　2

さらに数日が経ったある日のこと。

「ねえ、U子ちゃん。聞いた？　先輩のこと」

同僚が話しかけてきたので「どうしたんです？」とU子さんは尋ねた。

「ゆうれいよ。変なお婆さんの霊にとり憑かれてるんだって。気味が悪いよね」

お婆さんと聞いて、U子さんは先輩が話していたことを思いだした。

しかし、彼は「ゆうれい」とはひと言もいっていない。

どういうことか気になって先輩に直接聞くことにした。

「そうだよ、あのお婆さんだよ！　人間じゃなかったんだ！」

先輩は血相を変えて、先日こんなことがあったと話しだした。

仕事が遅くなったその夜、住んでいるマンションに帰った。

家族はみんな寝ていたので音を立てないよう居間にいく。灯りをつけようとしたとき、カーテンが開いていることに気づいた。先に閉めようと暗がりのなかを進み、カーテンに手をかけたとき、窓の外をのぞきみた。隣のマンションの屋上がちょうどすぐ下にみえるのだが――あの老婆が正座していた。ぎょッとして目を凝らす。

老婆は正座のまま床に手をついて、あの動きをしている。

ただ、いままで真横からしかみていなかったので気づかなかった。真上からみると老婆は片手ではなく、両手をついて手を動かしている。今度はテーブルもデスクもなにもないマンションの屋上なので床をさすっているかのようにみえた。

床をさすっているのではなく、両手を包丁に添えている。

その包丁を懸命に前後に動かして――研いでいた。

先輩が驚いていると、手を動かしながら老婆がゆっくりとこちらに顔をむけた。

むこうからはこちらの暗い部屋の窓に立つ先輩は確認できないハズなのに――目があったような気がした。こちらも表情までは確認できないのだが――老婆が笑っているように思えたそうだ。

「いつか、帰ったら家にあのお婆さんがいたらと思うと怖くてたまらないよ。だから最近みんなに聞いてるんだ、お前も知らねえか？　お祓いしてくれるところ」

冗談かと思ったが、本気で怖がっている先輩のようすをみて、U子さんは（本当のことなんだ）と思った。

ただ、先輩はその老婆がだれなのか、やはり思いだせないとも言っていた。

これらは、つい二カ月ほど前にあった出来事である。

歩いている

スーパーへ買い物にいっていたKさんが帰宅した。

玄関を開けると中学生の娘が「お母さん！」と階段からおりてくる。

「なによ、どうしたの？」

「あのね、いまさっきね、すっごい怖かったの！」

そういってこんな話をはじめた。


彼女が一階のリビングにいると、物を落とすような音が二階から聞こえてきた。家には自分ひとりしかいないと思っていたが、弟のNくんが帰っていたのだろうか？

二階にあがりながら弟の名を呼び「いるの？」と声をかけたが返事はない。

不審に思いながらも念のため二階をみまわり（気のせいか）とリビングにもどる。

ソファに腰をかけた瞬間、強く扉を開閉する音が二階から響いてきた。

そしてすぐに何者かが階段をおりてくる足音が。

娘は横にあったクッションを抱きしめ、リビングの扉を凝視した。

足音がリビングの前までくると扉が音を立て、ゆっくりと開いていく。

しかし、そこにはだれもいなかった。

なぜ扉がひとりでに開いたのか、わからない。

娘が「だれかいるの！」と大きな声をだす。するとソファの後ろから、

「いるよ」

男ともおんなともつかない、ささやくような声が聞こえた。

娘は悲鳴をあげてリビングを飛びだし、自分の部屋に入ると鍵を閉めて布団にもぐりこんだ。（お母さん、はやく、はやく帰ってきて！）と祈っていたらしい。


玄関でその話を聞いたKさんは、家に不審者が侵入していると考えた。

スーパーの袋をその場に置くと、娘と一緒におそるおそるリビングにむかう。

声を聞いたというソファの後ろを調べたが、だれもいなかった。娘は「本当だよ！ここらへんから声が聞こえ――きゃあッ！　なにこれッ！」と叫んだ。

ソファの後ろに落ちているものをみつけて、Kさんも悲鳴をあげる。

ボロボロの日本人形だった。

ふたりはリビングから台所に逃げだすと、ふたりで「どうしよう、どうしよう」と震えあがった。

以前にもリビングで大きなゴキブリをみつけて、ふたりで震えあがったことがあったが今回はその比ではない。しかも娘の話が本当なら、見覚えのない人形が歩きまわっていたことになる。

そのとき「ただいま」とNくんが学校から帰ってきた。

娘は「ちょっと、アンタ！　台所にきて！」とNくんを大声で呼んだ。

「……なんだよ、ふたりして。なにしてるの？」

「リビングに気持ちの悪い人形があるの！　ちょっとみてきて！」

Nくんはすぐにリビングにいくと、人形を片手に台所へもどってきた。

「ちょっと！　持ってこないでよ！」

「なんでオレの部屋に置いてた人形がここにあるの？」

「へ？　その人形、アンタの？」

Nくんの話によると前日の夜、友人たちと近所の神社にいっていた。

境内にあった段ボールに日本人形が入っていたので、持ち帰ってきたのだという。

「アンタ、マジで馬鹿なの！　なんでそんなの持ち帰ってくるの！」

「すぐに神社にいって謝って返してきなさい！　馬鹿！」

Nくんはすごい剣幕の母親と姉から馬鹿馬鹿と怒鳴られた。

なにがあったのかわからないまま、その足で神社に人形を返しにいったそうだ。

死んだネコ

Cさんが小学生のころの話である。

あるGWの連休、母方の祖父の家に遊びにいくことになった。

父親は仕事でくることができずCさんと母親、Cさんの弟の三人だ。

祖母が他界してから祖父はひとり暮らしをしていた。その寂しさもあってか、彼はCさん兄弟のことを大変に可愛いがっており、到着を楽しみにしていた。


祖父の家はむかしながらの日本家屋であった。

玄関で待っていた祖父は「よくきたな！」と孫たちを出迎える。

居間にはたくさんのお菓子が並べられ、玩具やゲームも用意されていた。お菓子やゲームだけではなく、都会住まいのCさんたちは広い家に大はしゃぎした。

「みて！　庭も広いよ！　お祖父《じい》ちゃん、庭にでてもいい？」

「じゃあ、玄関から靴を持っておいで」

ふたりは走って靴をとりにいった。

靴をはいている途中で、踏み石の端に小皿が置かれているのをみつけた。

小皿にはカラフルなお菓子、ラクガンがひとつのっていた。

「お兄ちゃん、お菓子があるよ。なんで？」

「それはきっとお供え物だよ。神さまにあげるご飯さ」

Ｃさんが答えたのを聞いた祖父も「まあ、そんなもんだな」と笑っていた。


その日は庭で遊んだり、お菓子を食べたり、ゲームを楽しんだりした。

夜は母親と祖父の手料理を食べ、Ｃさんと弟は祖父と一緒に布団に入る。祖父は眠る前に、母親が幼いころの話や自分が子供のときの話を教えてくれた。

微かな眠気を感じはじめたとき、どこからかネコの鳴き声が聞こえてきた。

気になったようで「お祖父ちゃん、ネコの声がするよ」と弟が祖父にいった。

「ああ、あれはね、ウチでむかし飼ってたネコが、床下で鳴いてるんだよ」

「床下？　地面のところ？」

「そう。ここは古いお家だから、床と地面のあいだに、これくらいの高さがあって風が通れるようになっているんだ。床下にネコが埋まっているんだよ」

埋まっている？　その言葉を聞いてCさんも目が覚めた。

「埋まっているの？　鳴いているのに？」

「うん。もう死んでいるから。ネコのゆうれい、かな」

ゆうれい、と聞いて弟は怖がった。

「ゆうれいといっても、家を守ってくれているから。ほら、お兄ちゃんもいっていただろ。神さまみたいなもんさ。お供え物もしてるし。優しいネコの神さまだよ」

だから怖がらなくてもいいんだよ、と祖父は優しく弟に説いた。


翌日の夕方、Cさんがゲームをしていると、弟の泣く声が聞こえてきた。

いったい何事かと、声のした庭のほうに走っていく。

すると弟を抱きかかえた祖父が「びっくりしたね」と笑っていた。

Cさんが「どうしたの？　大丈夫？」と祖父に尋ねる。弟がお供え物をしたいというのでお皿にお菓子を置くと、床下からネコが顔をだしたので、驚いたというのだ。

「大丈夫。ただのネコさんだから。びっくりしたね、よしよし」

祖父は何度も「ただのネコだから、ネコだからね」と弟をあやしていた。

弟がみたのは偶然床下にいたネコだったのか、それとも昨夜祖父がいっていたゆうれいのネコだったのか——Cさんはなんとなくそれが聞けなかった。彼自身もやはりすこし怖いと思っていたからだ。

いったいどっちだったんだろう?

そんなことはあったが、結果として数日、Cさんたちは祖父の家にお世話になり、良い思い出をつくり家に帰っていったそうだ。

それから十数年の月日が経った。

祖父も亡くなり、Cさんも弟も立派な社会人になった。

公務員になった弟は実家暮らしだったが、Cさんは家を出て暮らしていた。

ある連休の日、Cさんが帰省して久しぶりに家族四人で食卓を囲む。

最近のことや仕事の調子、むかし話などに花を咲かせていると、弟が話しだした。

「そういえば子どものころ、祖父ちゃんの家に泊まりにいったの覚えてる？」

Cさんは「覚えてるよ。お前こそ、よく覚えてるな」と答えた。

「ほら確か、父さんがこれなくて。母さんと三人でいったんだよ」

「ああ、あったわね。アンタ、記憶力いいわねえ」

「あの家でさ、庭にお供え物置いてあったの覚えてる？」

「ああ、なんかネコかなんか出てきて、びっくりしたやつだろ。覚えてるよ」

「そう。あのとき、祖父ちゃんに聞いたんだよ。お供えしてもいいかって」


祖父はラクガンを持ってきて、これならいいよ、と弟に渡したそうだ。弟は縁側から踏み石におり、お皿にラクガンを置いた。しゃがみこんで墓参りのときのように、手をぱんッと叩いて拝む。それを祖父は縁側のうえからニコニコしてみていた。

目を開けると床下の奥になにかがみえる。

祖父が話していたネコだ、とすぐにわかった。

ネコは数秒、弟のほうをみつめると突然、音を立てこちらに走ってきた。

わッと驚いた弟は尻もちをつく。

床下から伸びた腕がネコではなかった。四つん這いになった人間の赤ん坊が手を皿に伸ばし、弟をみて「だああ」と鳴き声をあげた。

弟が泣きだすと、祖父が庭に飛びおりる。急いで弟を抱きかかえて、

「大丈夫、ネコだから。びっくりしたね、ネコ。ただのネコ、ネコだからね、ネコ」

顔は笑っていたが、幼いながらに感じたのは（だれにも話すな）という意思だ。

明らかに弟をいいくるめ、秘密を守ろうとしていた。


この話を聞いてCさんも両親も固まった。

弟はいままで一度だってこんな嘘をついたことがない。

静かになっている食卓で、窓の外から聞こえてきた鳴き声が、猫のものか赤ん坊のものか——Cさんには判別がつかなかった。

実話でも古典でも創作でも――怪談師は常に「話」と「語り」の違いを考えることを第一としましょう。怠らなければ「上手い」や「下手」はなくなっていきますから。そして語ることが供養となることを忘れずに。死者は私たちをみています。

証　実話と語り

怪談に境目をつけるひとは思ったよりも多い。それはある種の「こだわり」ともいえる。怪談本を愛読している方々も、近年増加している「怪談師」という方々も、なにかしら「こだわり」を持っている。よく聞くのは「ゆうれいが出る話は怪談だが狂気系、人間が怖い話は怪談ではない」というもの。根岸鎮衛《ねぎしやすもり》によって江戸時代に記された『耳嚢《みみぶくろ》』にも、狂気系の話と思われるものはたくさんある。むかしから狂気系の話も怪談とされていたのだが、そこには興味はないのだろうか。

怪談師のなかには「実話」の怪談に異常な「こだわり」がある者もいる。語りでも文章でも、体験というものは言葉に変換するときに意図せずとも創作の感が出てしまうことも多々ある。聞き手や読者に「表現」をしなければならないからだ。もしも「表現」を無視すれば、ただの情報の羅列になるだろう。

これにすこし関係する話だが以前、語りを考えさせられる出来事があった。

私の知人に古典怪談が好きなHさんという男性がいた。

彼は落語や漫談、怪談を聴くときは語り方に重きを置くタイプの人間だ。

アイツは語りが上手《うま》いんや、アイツは下手《へた》や。そんなことをよくいっていた。

ある日、一緒に寄席へいくことがあった。

開演前に、Hさんが評論家のように今日の語り手たちのことを解説してくれる。

やはり同じように上手い下手でわけられていた。

彼が下手というひとをしっかりみたが、私はそこまで下手とは思わなかった。むしろ楽しかった。正直にいうと、上手いか下手かという目線のことをすっかり忘れてしまっていたのだ。

面白さの余韻に浸りながら、会場をでるとHさんは私にいった。

「な。けっこう下手なヤツ多かっただろ？」

——私が落語のことを知らなかっただけかもしれない。

けれども私は楽しかったし、上手い下手はだれかに決めてもらうことではない。

語り手本人が感じて、初めて効能がある感覚なのだ。ひとの技術を批判するのは醜悪でしかないと、そのとき感じた。

ちなみにこのHさんは寄席のような語りの芸事以外も、とあるアイドルの大ファンと常に豪語していた。その子が出演するイベントはすべて出向き、むこうからも認識されて、声をかけられると自慢していたのを私も覚えている。

そんなHさんがある時期から、ぱったり姿をみせなくなった。

呑み仲間たちに「最近、みてないな。Hさんは元気してる？」と尋ねたところ、

「お前、知らんの？　あいつマジで馬鹿やで。自分の好きなアイドルに脅迫状みたいなの送りつけて、家に行って逮捕されてんで。それもなぜか二回も。ちいさくやけど新聞にも載ってたし。いま病院におるわ。二回目に逮捕されたとき、カバンに」

包丁とかノコギリとか刃物、てんこ盛り、持っていたらしいで――。

私にはいまだにHさんが、どんな「こだわり」を持っていたのか、わからない。

初金縛り

舞台女優のY季さんに聞かせて頂いた話だ。
彼女が十八歳のころの深夜、実家の二階にある自室で眠っていた。
息苦しさで目が覚めると、躰がまったく動かない。
金縛りだ。
聞いたことはあったが、実際に体験するのは初めてだった。
アゴの先から足の指まで、ビクともしない。
ただ、まぶたは開きそうだった。
常夜灯が点いているはずなので、部屋のなかはみえるはずだ。
でも、まぶたを開けるのが怖い。もし「怖いもの」がいたら……。
いろいろと想像していると、躰のうえになにか感触があることに気づいた。
腹にまたがり、両手を鎖骨あたりにおいている——だれかがいるのだ。

まぶたを開ければ確認できる。でも、やっぱり怖い。
それでもこのままだと苦しいので、仕方がなく「それ」をみることにした。
(初のゆうれいは、どんな姿か……)と意を決して、まぶたを開けた。
もしかしたら姿はみえないかもと思っていたのは杞憂だった。
灰色のモヤが人間の形をして、自分を見下ろしている。
(あれ……なんか思ったより怖くない)
おどろおどろしいものを想像していたので、意外に残念な気持ちもあった。
むこうもこちらの気持ちを察したのか、ふっと消えてくれた。
それと同時に躰に自由がもどった。
(なんだったのよ、もう……)
睡眠を邪魔された不満が勝ったが、時間差でやはり怖くなってくる。
眠れそうにないので一階にある母親の寝室にいくことにした。
そっと母親の布団にもぐりこみながら彼女の顔をみる。
母親は目を開けてこちらをみていた。
Y季さんは「ここで寝ようと思って」とつぶやき、母親に背中をむけて眠った。

翌朝、事情を話すと母親は「知ってる」と昨夜の話をはじめた。
母親が眠っているとき、二階で物音がした。
ぎしり、という、いたって普通の物音だったが妙な気配を感じる。
それが気になって眠らずにいると、Y季さんが二階からおりてきた。
娘のようすをみて（やっぱり、なにかきてたな）と思ったという。
「母親は勘みたいなものが強いんで、むかしから色々あったみたいです」
私は初めてだったんで、やっぱり怖かったですね、とY季さんはいった。

バス停の鬼

ある怪談師が懐かしい友人と再会して飲みにいった。

高校の教諭をしているその友人が、酒を飲みながらこんなことを聞いてきた。

「お前、怖い話集めてるっていってたよな。鬼がでる話とか聞いたことあるか」

「鬼？　鬼ってむかし話にでてくる赤鬼、青鬼とかの鬼か？」

「その鬼だよ。オレの嫁さんが和歌山の出身なんだけど、むかしバス停で鬼をみたっていってたよ。そこでバスを待ってたら、いつの間にか横に鬼が立ってたって。目線が腰あたりだったたっていうから倍くらいの身長でパンツ一丁でさ、マジで角が生えてるの。最初、嫁さんに気づいていなかったけど、そのうちびっくりしたような顔して、どこかにいったって。すくなくとも二分以上は一緒にいたらしいぜ。うちの嫁って
ウソつくおんなじゃねえから、鬼ってマジでいるんだな——。」

友人はそういって酒をすすっていたそうだ。

ちなみに私は「和歌山で鬼をみた」という話をいくつか知っている。

すべり台のひと

午後八時ごろ、Fさんが友人の家にむかっているときだ。

初めていく家だったので地図アプリに住所を入力し、それをみながら進んでいく。

目の前にある公園の裏手だということがわかったので、

（ここを突っ切ったほうが近そうね）となかに入った。

公園のブランコやジャングルジムなどの遊具を眺めながら歩いていく。

すべり台に目がいったとき、妙なひとがいることに気づいた。階段をあがった柵、その外側に両腕でぶら下がっている白い半袖の男性だ。

彼はFさんに背中をむけているので、彼女には気づいていない。

驚いたが（懸垂《けんすい》かな……鉄棒でやれよ）と思いながら、足早に公園を横切っていった。

友人の家に到着すると「公園に変なひとといたよ」と男性のことを話した。

すると友人は「昨日の今日で気味が悪い」と漏らす。

Fさんはなんのことか尋ねた。

「昨日、その公園で自殺があったの。男のひとが死んでいたのよ」

友人は直接みていないが、同居している彼氏は死体もあったと話していたそうだ。

「子どもが遊ぶ公園で死ぬなんて――すべり台で首吊ってたって」

どういうつもりかしら、と友人はため息を吐いた。

Fさんは（じゃあ、さっきのはゆうれい？）とも考えた。

男性は両手でしっかりとぶら下がっていたし、どうみても生きた人間だった。

気味は悪かったが、さすがに違うだろう。

そう思ったとき、友人がこんなことをいった。

「あの公園で自殺したひと、三人目よ。みんなあのすべり台。どうしてだろう」

なぜかみんな白い半袖を着ているのよね。

帰りは公園を通らなかったそうだ。

自殺目撃談

ある昼に、会社で弁当を食べながら隣のビルにふと目をやった。

屋上で男性と女性がむかいあって話をしている。柵をこえて立っており（あんなところで危ないな。落ちたらどうするんだ）などと思っていると、本当に落ちた。

正確には落ちたというより、ふたりで息をあわせ手をつないで飛びおりたという感じだ。他にもみていた者がいたらしく「自殺だ！」とオフィスは大騒ぎになった。


ふたりが飛び下りる瞬間を、数人の社員が目撃していた。

しかし死体は、男性のものだけだった。

いちばん目の良かった社員がいう。

「あの白い着物のおんなはどこにいったんだ？」

事故目撃談

とあるスクランブル交差点を渡っていると、
「だれも助けてくれなかった！　だれも助けてくれなかったよう！」
狂ったように叫ぶ老人がいた。
服装もすこし変だったので（認知症か？）と思った。
交差点を渡り切ると、老人が気になって振り返った。
次の瞬間、ブレーキ音が響いて車がこちらに突っ込んでくる。
思わず「危ないッ！」と大声をだした。
その場にいた全員がすばやく動き、慌てて車をかわす。
車は自動販売機にぶつかって停車した。
そこまでの速度ではなかったおかげで、怪我人はいなかった。
しかし車のなかにいる運転手は痙攣《けいれん》しながら泡を吹いている。

運転手は、さっき交差点の真ん中で立っていたはずの老人だった。

「なんだよ、このジジイ、殺す気かよ」

「すげえ迷惑」

そして本人が叫んでいた通り、皆スマートフォンで写真を撮るばかりで、だれひとり老人を助けていなかった。

よく考えたら

埼玉県川口市のショッピングモールに勤めているU美さんの話である。

彼女はインフォメーションカウンターのスタッフをしている。店舗の案内やクレーム処理など多岐に渡る業務を数人のメンバーでこなしていた。欲しい商品がなかっただけで文句をいわれることもあるし、因縁のようなクレームもあるらしく、聞いているだけで大変な仕事だとわかった。


「あの……これ、忘れ物みたいなんですけど……」

買い物客の婦人がカウンターに紙袋を持ってきた。

トイレ前のベンチでみつけた、と届けにきてくれたのだ。

「ご親切にありがとうございます。こちらで預からせて頂きます」

U美さんの横で同僚が紙袋を受けとって御礼をいう。

しかし婦人は、なぜか厭そうな顔でそそくさとその場を離れていった。

忘れ物や落とし物は保管室で預かる決まりだ。持ち主が現れた場合、紛失したものの特徴を聞いた後で受領書を書いてもらい、身分証を確認した後、返却する手続きになっていた。保管室に入れる前にエフと呼ばれる針金荷札をつけて、パソコンで拾得物管理システムに記録しておかなければならない。

特徴を調べようと、紙袋を覗いた同僚が思わず「わッ！」と声をあげた。

「ちょっとこれみて、ホントびっくりした！」

同僚にいわれ、U美さんが紙袋を覗くとやはり同じように声をあげた。

紙袋のなかには一体の人形があった。

一見するとただの日本人形だが、異様に年季が入っている。

あきらかにこのショッピングモールの店舗で購入したものではなさそうだ。

髪はほとんど抜け落ちており、皮膚の部分も着物もすすけて汚れている。紙袋の底に座っているような体勢で入れられているのでよくみえないが、どんな顔をしているのか確認する気もおきなかった。

「これって忘れ物……なのかな？」

「と、とりあえず預かっておきましょうか」

同僚もU美さんも本音では（ゴミではないのか？）と思ったようだ。

とりあえずは手続きを済ませて保管室に紙袋を入れておいた。

それから一時間もしないうちに、青年がU美さんに声をかけてきた。

「す、すみません、荷物なくしちゃって……ここに届いてます？」

「お調べしますので、いつなにをなくされたのかをお教え頂けますか」

「トイレの前のベンチに忘れたっぽいんですけど……紙袋です」

すぐに（あの人形の入った紙袋の持ち主だ）とU美さんはわかった。

それでも手続きの決まりがあるので、すぐには渡せない。

「紙袋の中身はなんでしょうか？」

「えっと……婆ちゃんの人形が入ってたはずなんですけど……」

もう彼の紙袋だとわかっているが、U美さんはパソコンで調べるフリをした。

「はい、届いていますね。では受領書にお名前とご住所、電話番号をお願いします」

「名前と住所？　これ書かないとダメなんですか？」

「はい、規則となっていますので。あと身分証はお持ちですか？」

「え……身分証もですか……どうしても、必要ですか？」

「すみません、警察からの指導で確認することになっているんです」

「警察……あんまり記録とか残したくないんだけどなあ」

彼は受領書を書きたがらず、なぜか身分証もみせたがらなかった。

「でも、それがないと困って……ん？　困るか？」

突然、青年はひらめいたような表情になった。

「……いや、よく考えたら困らないです。っていうか、紙袋なんて知りません」

明るい笑顔を浮かべて「じゃあ、よろしくです！」と青年は立ち去っていく。

U美さんは唖然としながら彼の背中をみつめていた。

横でみていた同僚が「……いまのなに？」とつぶやく。

なくしたものが、実は必要ないと気づいたような感じだった。

（あの人形、いったいなんなの？）

青年はそれ以降、二度と現れることはなかった。


紛失物は三カ月のあいだ保管室で預かることになっている。

期間が過ぎても持ち主が現れなかった場合、たいていの荷物は処分される。
その後、保管室では奇妙なことが立て続けに起こった。
生ごみのような腐臭が漂っているが、どこから臭うのかがわからない。
前を通ると、だれもいないはずなのに物音が聞こえる。
深夜、笑い声が聞こえてくるので見廻りの警備員が気味悪がる。
紙袋が原因と判断し、地下倉庫に移動させた管理員が急死した。
それをきっかけにお祓いが行われ、人形は紙袋ごと焼却炉に放り込まれたそうだ。

必ず二回

ある男性が遠距離恋愛をしている恋人に連絡をした。

彼女はひとり暮らしをはじめたばかり。

「夜になるとドアをノックするひとがおるねん。なんか怖いわ」

「ノック？　何時ごろや？」

「十一時くらい。もうちょっとしたら今日もくるかも。トン、トンって二回」

「誰なん？　男のひとか？」

「わからへん。ドアの覗き穴、見に行ってもおらへんねん」

「お前、それ変なひとかもしれんから、絶対に開けたらアカンぞ」

「変なひと？　変なひとって？」

「いや、だから変質者みたいな、変なヤツのことや」

「開けたらどうなるん？」

「開けたら……どうなるんやろ？　刃物で刺されて殺されるとか？」

「うわ、めっちゃ怖いやん。わたし絶対開けへん」

「あんまり続くようやったらすぐ警察に連絡し。そしたら助けてくれるから」

「うん。でも、もし人間じゃなくてゆうれいとかやったらどうしよ」

「彼氏のとこに行け言うたらいいわ。そしたらもう来おへんわ」

「なんやそれ、ホンマかいな」

そんな話をして電話を切り、二十分ほど経ったころ。

男性の住んでいる部屋のドアが二回、叩かれた。

トン、トン

その部屋から引っ越すまで毎晩ノックは必ず続いたそうだ。

風呂は気をつけろ

Cさんが以前住んでいたアパートにこんなことをいう年配の男がいた。
「おんなはヤキモチを焼くからな。風呂は気をつけろ」
風呂とヤキモチ？
まったく結びつかず、意味がわからない。
しかもそのアパートは風呂がないので、銭湯通いをしなければならないところだ。
何度も聞き返すと、結局このような内容だったらしい。

まだ男が若いときのことだ。
籍を入れて半年が経ったころ、妻が病気になった。
予想よりも重い病気だったらしく、それからしばらくして他界してしまった。
無口で物静かな妻だったそうだ。

男は悲しんだが、数年と経たず別の女性とつきあった。いつもけたけた笑っているような明るい性格の女性で、前妻を亡くして落ちこんでいた男には助けになった。

つきあって何カ月もせず、男は女性と結婚した。

この女性、一緒になる条件にひとつ要望があった。

毎日お風呂に一緒に入って欲しい、という条件だ。

特に断る理由もないので男はそれに従い、毎日お風呂に入った。

頭や躰を洗ってあげ、バスタブにはふたり一緒に浸かる。そんな生活が続いた。

裸のつきあいが好きなんだ、程度にしか考えていなかったという。


ある夜、風呂に浸かりながら、なぜ一緒に風呂に入るのが好きなのかと尋ねた。

すると新妻は「だってアナタ結婚してたでしょ？」と返してくる。

「してたよ。知ってるだろ。でも、それと風呂がどういう関係があるんだ」

「お風呂に入ると、覗くの。前の奥さんが」

え？

反射的に風呂場の窓に目がいった。

だが、そこにはだれもいない。ただ湯気が外にでていくばかりだった。

「脅かすんじゃねえよ。びっくりするだろ」

「ああ、ごめん、ごめん。窓じゃなくて、お風呂の入口のドア」

ばッとドアに顔をむけると、だらりと口を開けた前妻が覗いていた。

「厭になっちまってよ、結局そいつとは別れたよ。それなのにどういうワケか、別れてからひとりで風呂に入っても、あのおんなが覗いてくるから——」

風呂なしアパートに住んでんだ、と男はため息をついていた。

ちなみにこの男、後に銭湯で心臓発作をおこして亡くなった。

それが死んだ妻と関係があるのか、Ｃさんにはわからないそうだ。

厭なタクシー

Tさんがまだ都内に住んでいたころの話だ。

十二月の忙しい時期で残業ばかりが続いていた。その日もTさんは自分の誕生日だというのに、仕事が終わったのはずいぶんな時間になってからだった。

家族には遅くなることを伝えていたが、幼い娘がパパのお祝いを楽しみにしていた。

(申し訳ないことをしたな)

会社を出たTさんはそんなことを考えながら、ため息を吐いた。

終電もなくなったのでタクシーに乗って運転手に行先を告げる。

携帯電話にメッセージのマークが出ていたので、ボタンを押した。

バースデイソングを歌ってくれる娘の声だった。

思わず顔がほころび、疲れを忘れさせてくれる。

「お子さんですか?」

携帯からの声を聞いてか、運転手が話しかけてきた。

「ええ、娘です。今日、いや昨日は誕生日だったんで……」

そういいながらTさんは車内が煙たいのに気づいた。

（ははん、さっき煙草を吸っていたな、この運転手）

「いいですね、誕生日に娘さんが歌をうたってくれるなんて。私なんて――」

もうずっとひとりですよ。

いや、なにね、若いころお見合いの話もあったんです。けれどこの顔でしょ、どうせ断られるの、わかっていたんで、先にこっちから断ってやりましたよ、ははは。

でもアレですね、この歳になってひとりはこたえます。

手作りの料理なんか何十年も食べていませんからね。毎日毎日インスタント食品を食べて寝て、仕事して、インスタント食べて。寝て仕事。

もういい加減にウンザリですよね。

ほら、なんていうんですか、最近どこいっても流れてる、クリスマスの音楽。

あ、きたな、って思いますよね、年末。ふふ。年末さま。タクシー走らせても寂しいし、家にいても寂しい年末さま。

この前、ひと轢いちゃったときもラジオから流れてましたもん、クリスマス。そのとき乗せていたお客がいわなきゃ、私そのまま逃げてましたもん。まあ、逃げましたけどね。実際。轢いてませんよ、轢きましたよーってか。誕生日とか関係ないですね、いやホント関係ない。

ひとりで仕事、ずっと仕事。お客さん、二十四時間戦えますか？

あ、この曲。いまラジオから流れてるこの曲を聞くと食べたくなりますね、チキン。いやホントにクリスマスが今年もきますわ、実際ねえ。ああー、なんか無性にチキン食べてー。轢いたひと、もしかして食べてたんじゃないですかね。あんなにチキンみたいなお腹になって美味しそうになってましたもの。筋肉剥きだし。はは、違うか、内臓か。チキン。チキンチキンいってるだけで口がチキンになりますわ。あれ？　違う、あのときだれも乗せてませんわ。じゃあ、なんだったんだろ、なんでクビなのかな？　後部座席からひとのこと偉そうに見下してんじゃねえぞこら。オレだって若いときは食べたんだよ、たらふくよ。そりゃハッピーバースデイとか、うたってくれるひとは知らないけど、結局は手前のガキだろうが。おい、舐めるなよ、この若造が。ふざけんじゃねえってんだバカヤロウッ。そっちがそういう態度にでるんなら、こっちもいわせてもらうけどな、そういうお前はいくつなんだ、おいッ。いくつだッ。どうせよ、知れてんだろ。そんなに経験もないんだろうがッ。オレなんかな、四つは食べれるぞチキン！　お前に聞いてるんだよクリスマス野郎が！　メリクリ歌われてんじゃねえよッ！　オレの田舎じゃオレみたいなヤツ運転手サマッテイウンダヨメリクリチキンバースデイ！


ラジオはついていないし、Tさんはなにも答えていない。

にもかかわらず運転手はうなずいたり笑ったり、怒鳴ったりしている。その発言のほとんどは意味不明だった。

アクセルを踏みこんで心中しようとしてもおかしくはない――それほどの狂気を感じる。怪我覚悟で車から飛び降りようとも思ったが、ロックがかかっていた。

Tさんはただ震えながら恐怖に耐えるしかなかった。

するとと運転手がブレーキを踏み、停車させてドアを開ける。

「お客さん、ありがとうございました」

Tさんは外へ飛び出すと、なぜかクリアな視界がひろがった。

振り返ると運転手はニッコリ笑って、こちらに手を振っている。

ドアを閉め、走り去るタクシーのリアガラスをみて、初めて気がついた。

タクシーの車内はいつの間にか煙だらけになっていた。

まるで運転手の狂気が躰から吹き出ているかのように。

私は「乗務員証で色々確かめることができますよ」とTさんにいった。

「助手席に掲示してあるやつでしょ？　私もみました。でも、なかったんです」

そうなると、実際にタクシー運転手だったかどうかすら怪しい話である。

「煙が車内に漂っていて……怪談でいうなら、とり憑かれていたかもしれません。そして、これは勘なんですが——なんとなく、あの運転手はいま現在、もう生きていない気がするんです、とTさんは目を伏せながらいった。

住所どこだっけ

詳細を変更した話である。

都内在住のKさんのもとに、Nさんから電話があった。

「もしもし。家にいるの？　いまちょっと大丈夫？」

「うん、家にいる。大丈夫だよ。どうしたの、こんな時間に」

時計の針はもう深夜一時半をすぎている。

「あのさ、さっきサイタマの廃屋にいってたんだけどさ」

「また心霊スポットかよ。お前も好きだねえ。もしかしてヒマなの？」

彼は一度もいったことはないが、Nさんは大好きだった。

「あのさ、今日は三月十九日じゃん？」

「ん？　いや、十八日……違うか、日付変わったから十九日だね」

カレンダーと時計をみてKさんが答える。

「お前の家、住所どこだっけ？」

「新宿区だよ。何回もきてるから知ってるだろ。それがどうしたの」

テレビの音が会話の邪魔だったので、リモコンの消音ボタンを押した。

「いや、住所だよ。詳しくいってみて。どこ？」

「なんか送ってくれるの？　住所は新宿区大京町二丁目、十六の三十七だよ」

Kさんは煙草をくわえ、ライターで火をつけた。

「マンション名と部屋番号は？」

「大京マンション、二〇二号室。角部屋だけど日当たり悪いよ」

そこまで聞くとNさんは「ちょっと待ってね」とすこし間があった。

「うん、やっぱりそうだわ。あのさ、さっきこんなことがあって――」

そして、次のような話をはじめた。


Nさんがむかったのは埼玉県、ある山に近い場所にある廃屋だった。

メンバーはNさん以外にも、ふたりいたので合計三名。そのうちの友人のひとりは実家が近所にあり、廃屋の情報を知っていた。十五年ほど前、そこに住んでいたひとり暮らしの男が殺人事件をおこして、逮捕されてから廃屋になった家らしく、被害者たちの霊が現れるとのウワサだった。

ところが実際、廃屋に入ると情報の信ぴょう性がうすくなった。

ひとり暮らしにしては、家族で住んでいた形跡があるのだ。

ちいさな子どもの玩具や服が散乱しているし、どの家具も年代が古い。壁にかかったままになっているカレンダーも落ちているスケジュール帳も、実際には九十年代前半のものばかりだ。

他の場所のようにボロボロで不気味なのは同じだが、ただの廃屋にしか思えない感もぬぐえない。ただ、インターネットでとりあげられている場所ではないので、心霊スポット独特の侵入者の形跡やスプレーの落書きがない。それが唯一の良い点だった。

怖くない理由のひとつに、車の通行が多い道路沿いということもあった。

街灯が多く、どの窓からも明かりが入って暗闇がすくないのだ。

「ここ……ホントに殺人鬼が住んでいた家なのかよ」

Nさんがそう聞くと友人は「そう聞いてたんだけどなあ」とバツが悪そうだ。

どうもただの廃屋に忍びこんだだけの気がしてならない。ぎしり、と物音のひとつでもすれば「被害者の霊か!」と盛りあがることもできるが一切なにもない。

「こんなに遠くまできて無駄足かよ。やっぱ怖くねえと面白くないな」

せめて写真だけでもたくさん撮って、心霊写真っぽいものをあとで探そう。

Nさんはスマートフォンで、手当たり次第に撮影をはじめた。

やがて廃墟をでると車に乗りこみ、その場をあとにした。

「あー疲れた。ハラ減ったな。どっかでメシ食おうぜ」

国道に出てからファミレスに入って注文をする。

「ハズレだったな……そうだ、写真撮れてないかな。みてみるわ」

Nさんはフォルダを開いて、山ほど撮った写真を確かめていく。

目を凝らしたりアップにしたりして、なにか写っていないかを確かめていった。

時折、オーブと呼ばれる球体が浮いていた。ただのホコリだろうとわかりつつ、無理やり盛りあがろうとしたが、やはりどうもパンチが弱くイマイチだった。

「ダメだ、オーブばっかりでなんにも写ってね」

途中で確認を止めて、運ばれてきたハンバーグを食べ始めた。

置かれたNさんのスマートフォンを友人が手にとり、代わりに写真をみていた。

しばらくすると友人が「これなんだろ？」と写真を凝視している。

すっかり興味を失ったNさんは、もぐもぐと口を動かしながら聞く。

「なんか写ってた？　オーブはもういいよ」

「いや……押し入れの壁に、なんか字が書かれてる。ちいさくて読めないけど」

どれどれ、とNさんは二本の指を画面に当てて動かし、アップにしてみた。

三月十九日 午前二時
新宿区大京町二丁目 十六ー三十七
大京マンション 二〇二号室
ぜったい ころす

きた

そこまで聞いたKさんは「はあ？」と声をだし、時計に目をやった。

午前一時五十五分だ。ファミレスから電話をかけているNさんが、

「どっかで聞いたマンション名だと思って検索したら、やっぱお前んトコだよな」

「お前、マジでいってんのか。じょ、冗談やめろって」

「冗談じゃねえよ、マジだよ。あ、ちょっと待ってな」

すこし声が遠ざかり、むこうで友人ふたりに「家にいたわ」といっている声。

「あ、もしもし。お前、その部屋から逃げたほうがいいんじゃね？」

「いや、もう寝るところだし、そんなにすぐに出れない……てか、本当かよ！」

時計の針は五十六分を指した。

「写真を確かめろよ。字をアップにした写真、いまそっちに送ったから」

「写真？　廃墟で撮った写真か？　マジか？」

耳から離して確認すると、この部屋の住所が書かれている写真が届いていた。

「な、書いてるだろ。偶然にしても気持ち悪いし……どうするんだよ」

「オレの住所だった……どうしよう」

五十七分。残り三分で午前二時だ。

「念のためでいいから逃げろって。もう時間ないから」

「ま、待って、ズボンをはくから……」

スマートフォンをテーブルに置いて、脱ぎっぱなしにしていたズボンをはく。

ばんッ！　と大きな音が響いた。玄関の鉄扉が強く叩かれたのだ。

時計をみるが、まだ二時にはなっていない。（二時って書いてたのに……）と思ったが、すぐにわかった。あくまで二時に殺すと予告しているだけで、もうとっくにドアの前に到着しているのだ。

がちゃがちゃッと乱暴にノブがまわされる。

鍵はしまっているが開けられないといい切ることはできない。

「マジかよ、マジかよ、マジかよッ」

窓を開けて裸足のまま一階に飛び下り、交番にむかってKさんは全速力で走った。

きた

「お巡りさんと一緒に、部屋にもどりました。説得するの時間かかりましたよ」

部屋の鍵は開けられており、なかは滅茶苦茶になっていた。逆にそれが功を奏して、強盗の類だと判断した警察官がパトカーを呼び、捜査がはじまることになった。

警察と両親の勧めで、Kさんは引っ越すことになった。

結局、部屋にきたのが人間だったのか、霊だったのかはわからないままだ。

だがもっと不思議なことがあった。

「あのとき慌てて逃げたから、通話の状態にしたままテーブルに電話を置きっぱなしにしたんです。だから侵入者の音か声かをNが聞いた可能性が高いんですが……」

その後、Nさんと連絡がとれなくなった。

現在もNさんは行方がわからず、犯人も捕まっていない。

踊り場のおんな

深夜のアパート、自分の部屋にむかって階段をあがっていく。
途中、踊り場におんなが壁をむいて座りこんでいた。
酒もはいっていたので自然に「こんばんは。大丈夫？」と声をかける。
返事どころか、なんの反応もない。
いったんは通りすぎたが（体調が悪いのかも）ときびすを返した。
もう既におんなはいなかった。

その夜、耳元で「さむい、さむい」という声を聞いたそうだ。

バトンタッチ

これも設定をすこし変えて記す。
平屋でひとり暮らしをしているHさんという男性の話だ。
ある朝、出勤のためいつものように家を出て駅にむかった。
まだ眠い目を擦りながら、ゆっくりと地下鉄の階段をおりていく。
改札へ進み、通路を曲がったところで、後ろから勢いよく右肩を叩かれた。
「バトンタッチ！」
息を切らせて、顔を赤らめたスーツの中年男性だった。
ひきつった笑顔を浮かべたまま、男性は小走りに去っていく。
何度も、何度も振り返りながら。
（なんだ、あのおっさん？）
Hさんは立ち止まって男性の背中をみていたがワケがわからない。

首を捻って、歩きだし数秒もしないうちに今度は左肩を撫でられた。

へ？　と左側に顔をむける。髪がバサバサの見知らぬ中年の女性が、

「ねえ、あそぼう、あそぼうよ」

ニタニタ笑いながら、Hさんの左肩を撫でまわしている。

「うおッ、なんですか！」

すばやく後ずさり、女性と距離をとった。

彼女はてのひらを両方、宙を掻くように動かして「ねえ、ねえ」と寄ってくる。夏だというのに白のトレーナーを着ており、ところどころに茶色いシミがついていた。

「あそぼう。ねえ、あそぼうよおお」

驚きと気持ち悪さに、Hさんは女性をふりきり、走って改札に入った。

あそぼ

会社で先輩に、今朝の出来事をHさんは話した。

朝から風俗のキャッチに捕まったのか、と先輩は大笑いした。

「冗談はやめてくださいよ。本当に怖かったんですから」

「ごめん、ごめん。そのあと、そのババア、ついてこなかったのか？」

Hさんが改札に入るまで、すぐ後ろから「あそぼお」という声は聞こえていた。

改札を抜けた途端、声が離れたのがわかった。振り返ると、女性は左右に躰を揺らしながら、悔しそうにHさんを睨みつけている。

ふたりを交互にみながら、驚いている駅員の顔がHさんは印象に残った。

「でも、なんとなく変なんですよね、そのオバサン。通路で左肩を撫でられたとき、俺、けっこう左のほうの壁によっていたんです。そのオバサンまるで」

後ろからというより、壁から出現したかのような――。

不思議がるHさんを茶化すように先輩はいった。

「でもどうする？　もし帰りの電車を降りて、ババアが改札で待っていたら」

「ちょ……まじで勘弁してください、怖すぎますよ」


先輩の冗談を真に受けたHさんは、身構えながら帰路についた。

電車を降りて階段をあがり、改札の前にくる。

女性がいないことを念入りに確かめて、改札をでると早々に駅をでた。

道を歩きながらも注意深くまわりをみるが、大丈夫のようだった。

スーパーにいって夕食の材料を購入する。

本屋によってカフェで休憩し、再び帰路につく。

遠くにみえてきた自宅の前に、あの女性が揺れながらHさんを待っていた。

安心

家にもどらず居酒屋に入ったHさんは頭をかかえていた。

あの女性はなぜか自宅の前にいた。反射的にきびすを返し、目立たぬように走らなかったためか、先にこっちが気づいたことを彼女には悟られなかったようだ。

それでも、家を知られていたという事実はショックが大きい。

(なんで……オレの家を知ってるんだ?)

このままでは怖くて帰ることができない。

警察に相談することも考えたが、いったいなんといえばいいのか。変なひとがついてくると訴えたところで、あの女性を拘束してくれるとは到底思えない。

だが、このままずっと居酒屋にいても解決しない。

酒に酔えないまま二時間ほど悩んだ末、Hさんは家にもどることにした。

いつでも逃げることができるよう周囲に注意しながら、おそるおそる自宅に近づいていく。女性の姿はなく、意外にも難なく家の前まで到着した。いまのうちに、といわんばかりに玄関の鍵を開けてなかにはいると、すばやく施錠した。

（大丈夫じゃん……すんなり、もどってこれた。良かったあ）

ソファに深く腰をおろし、ひと息つく。

もしかして、遠目であのオバサンだと思っただけじゃないのか、と思った。

「……そうだよな、よく考えたら家を知ってるワケないもんな。ははっ」

なにを不必要にビビっていたんだ、と笑いが込みあげてきた。

さっきまで頭をかかえこんでいたのがウソのように、Hさんは安心しきった。

インターホンが鳴って、応答口から「あそぼお」という声が聞こえるまでは。

待ってるよ

「なんだその話。ストーカーじゃん。警察にいえよ」

喫茶店でHさんが事情を話すと、友人はストローをくわえながらそういった。

「いや、すぐに連絡したよ。不法侵入だしさ」

「不法侵入？　追いかけてきて、インターホン鳴らしただけだろ？」


凍りついたHさんをよそに、応答口からの声は止まなかった。

ひたすら「あそぼう、あそぼう」を繰り返す。意を決して「け、警察を呼ぶぞ！」とHさんがいっても、嬉しそうな「あそぼう」という声だけが返ってきた。

応答を切って電話を持ち、すぐに警察にかけようとする。

だんッと窓が叩かれ、くもりガラスのむこうにシルエットが浮かんだ。

「わ、わああッ」

Hさんの悲鳴が女性にも聞こえたのか、嬉しそうに笑う声と「あそぼう」。

そのままパタパタと走る音が聞こえ、また別の部屋の窓を叩いているようだった。

「もしもし、いま、へ、変なひとがウチの敷地内に……」


「んで？　そのオバサン捕まったの？」

「いや、警察が到着するまでに逃げたみたいで……でも、変なんだよ」

「変ってなにが？」

「家のまわりに足跡がないっていうんだ。インターホンも窓も、指紋をとってもらったけど、なにも出なくて。最終的に本当の話かって、こっちが疑われちゃったよ」

「うわ、そりゃ気味悪いな。でも、警察呼んでからは現れないんだろ？」

「三日に一、二回くらいのペースでくる。夜も追いかけてくるけど、ほとんどは朝の出勤。駅まで全速力で走って逃げる。あとはインターホンと窓叩く攻撃だよ」

「うわあ。大変じゃん。なんなの、そのオバサン？　変質者？」

「そんなのこっちが聞きたいよ。近くで顔みたら、目がオレをみてないの。ピントがあっていないみたいな、自動的に動いているみたいな……知り合いと一緒にいるとこないから、最近はひとりでいないようにしてる。怖くて夜、眠れないんだよ」

「だから久しぶりに連絡してきたんだな。でもさ、多分すぐ飽きて、こなくなると思うぜ。考えてみろよ。むこうも相当に体力を使ってるんだし、限界があるよ」

「そうかなあ……でも、人間じゃなかったらどうするんだよ」

「なんだよそれ？　ゆうれいかなにかだと思ってるの？」

「警察に話が本当かって疑われたとき『キミ以外で、そのおんなのひとを目撃したひといる？』って聞かれたんだよ。だれもいないって答えたんだけど、よく考えたら、改札で駅員がみていたなって思いだしてさ、翌日に駅で聞いたんだよ」

「ああ、いいじゃん、証人になってくれるんじゃね？」

「でも、走って改札に入ってきたオレは覚えているけど、その女性はわからないっていうんだ。『すみません、わからないです』って。あんなに交互にみてたのに」

「まあ駅員も毎日すごい人数をみてるからな。あ、ちょっとトイレ」

友人が席を離れると、Hさんは珈琲をすすってため息を吐いた。

店の入口に目をやると自動ドアのむこうに、あの女性がいるのに気づく。

女性は（外で待ってるよ）といわんばかりに、ゆっくりと唇を動かした。

「あ・そ・ぼ」

ゆうれいか人間か

それから女性が現れる頻度はあがっていった。
朝は後ろから足音と共に近づいてきて、駅まで走るのは日課になった。
会社の付近をうろついているのをHさんが先にみつけたこともあった。
昼食時に店でランチを注文しようとしたら、
「あそぼおッ、あそぼおお！」
大声をだしながら店に入ってきたこともあった。
そのたびに彼はその場から逃げることしかできない。
ときに女性はHさんを捕まえることに成功した。
しかし、しがみつき撫でられるだけでそれ以上の危害はない。
異常にストレスを感じさせるだけだ。
（いったいなぜオレが。いったいあのオバサンはなにがしたいんだ）

このままでは頭がおかしくなってしまう。

そう思っていた矢先、問題はいとも簡単に解決した。


ある朝、出勤しようと家をでた瞬間、バタバタという足音が聞こえてきた。

足音のほうを確認もせず、駅にむかって走り、地下鉄への階段をおりた。

距離はあるが、後ろからまだ足音が聞こえていたので慌てていた。

そこでひとりのサラリーマンとぶつかってしまう。

なぜ自分でもそんなことをしたのかわからない。ぶつかった瞬間、記憶がよみがえって、無意識にやってしまったと彼は後に語った。

Hさんは「すみません！」といわなければならないところを、

「あ！　あの、バトンタッチ！」

ひきつった笑顔をサラリーマンにむけると、改札にむかって走った。

(あ……わかった、そういうことだったんだ)

自分はいま、あの女性の前にあった人物と同じことをした。

つまり――あのひとも、だれかからのバトンを受けていたのだ。

自分はこれから、あの女性に悩まされることはもうなくなる。

それが直感でわかった。

ただ、サラリーマンのことが心配で何度も振り返る。彼は（なんだアイツ）という表情で首をかしげて、走っていくHさんをみつめていた。

（ごめん……ごめんな）

こころのなかで彼に謝罪しながらサラリーマンが、はやくこの「バトンの法則」に気づいてくれるのを願うばかりだった。

以来、Hさんは出勤の路線を変えて、その駅には近づいていない。

いまでも、あの女性が人間だったのか否かは、わからないままだという。

雨のひと

ある大雨の夕方、主婦のCさんが買い物袋をぶら下げ、傘をさして歩いていた。

橋のうえを通ったとき、柵をはさんで傘をさした男性が前から歩いてくる。相手の傘の端がCさんの傘の端に、かッと当たった。

「あ、すみません」

謝った直後「え？」と後ろを振り返るが、だれもいない。

柵だと思っていたのは橋の欄干で、そのむこうは歩く場所がない。

下を覗くと、流れが強くなった川があるだけだった。

怪談師は怪談に対する知識を持たねばなりません。この分野は先人たちが残してくれたものです。それを受け継ぐあなたは故人たちの想いを届ける存在になるのです。道を間違えても大丈夫。故人があなたを消し去りますから、安心してください。

証　知っておくこと

時々、本人が体験したという取材で、有名な怪異体験を聞かされることがある。

これは体験者がウソをついているか、まったく同じ体験をしているかのどちらかだが、怪談を蒐集している者たちにとっては深刻な問題である。怪談作家ならすでに他の作家が書籍化している体験を書いてしまったり、怪談の語り手ならば有名な話を「鮮度が大事」といった姿勢で堂々と話してしまい恥をかいたりするからだ。そのため、ある程度でもいいので、できるだけ多く他の怪談を知っておかなければならない。

これに対して怪談社の実話怪談師たちが興味深い話をしていた。

彼らが関西で怪談ライブをしたあとのことだ。居酒屋だが大きなステージがある会場だった。飲食と怪談の両方を楽しむ趣向の催しだったらしい。実話怪談師たちは怪談が終わると、来場しているお客に呼ばれビールをふるまってもらった。

するとそのテーブルに座っていた女性のひとりが話しかけてきた。怪談のライブは初めてであり、漫才でも落語でもない感覚の催しに感動したと喜んでいる。

私もこんな体験があるんですと「ある怪談」を話しだした。彼女の体験は怪談マニアには有名な某怪談本に載っている連作に酷似しており、実話怪談師はそれがすぐにわかった。女性が自分の体験といっていることから（ウソをついているか、自分の体験と信じこんでいる人だな）と思った。体験者のなかには、読んだり聞いたりしたものを実体験として話す人もいる。それがどういう意図であれ、その話は使えない。

しかし、その女性はすこし違った。

明らかに本人しか知らない詳細さが体験にあった。もしやと思い実話怪談師は、「その体験、だれかに話しましたか？　例えば怪談を書いている作家さんとか」

すると女性は「あ、○○さんという作家さんに話したことがあります」と答える。

怪談を仕事にしている関係者に、すでに取材されたことのある体験者だったのだ。この場合は基本的な常識として、その体験談はもう使えない。にもかかわらず、実話怪談師はその某怪談本に載っている「その話」が大好きだったので喜んだ。ところが、女性は著者である○○氏を知っているといった直後、思いだしたかのように怒りだした。

「知っているの？　○○さんのこと。あの人はいったいどういう人なんですか！」

聞けば無断で話を載せられ、映像化までされたことに怒っているようだった。

「私や私の家族の実名まで勝手に使って事後承諾、普通の神経だと思えません！」

むこうの謝罪でおさまったが、一時は訴訟にまでなりかけたそうだ。

実はこのようなケースも珍しくない。実話を扱っていると、こまかいところまで話さないと怒る体験者もいるし、そのまま話すぎてもプライバシー問題になってしまうこともある。だから私は話を使用するとき、どんなに話を変更することがなくても「すこし変えて使いますよ」と伝えるようにしている。こまかい設定を変えても変えなくても、そのいいかただと問題がないからだ。

「それは大変でしたね……話は体験したそのままなんですか？」

「だいたいそのままだけど、ずいぶん違っているところもあって」

そのいちばん変更されている部分は次のようなものであった。

悪事を働いたふたりの少年が処罰を受けるだろう日。女性の亡くなった親類が現れて「もう、いいんだ」といった旨を呟いて消える。そして、原付バイクの事故でふたりが亡くなったことをニュースで知る——という内容だった。

ただ実際には親類の霊も現れていないし、声も聞こえていない。おそらくは、そう盛ったほうが面白いと著者は考えたのだろう、完全なる創作の部分だったのだ。

女性から「実際にあったこと」を聞いて、実話怪談師は驚いた。そして、わざわざ盛らなくとも、そっちのほうが充分怖いと思った。

悪事を働いたふたりは本当に交通事故をおこして亡くなっていた。そこは内容通りであり問題ではない。事故の内容が問題だ。

ふたり乗りで原付バイクを走らせていたふたりは転倒して、どういうワケかタンクから噴出したガソリンを浴び――火だるまになって焼け死んでいた。

懐かない子ども

奈良県に住むE子さんから聞いた話である。

彼女の友人は数カ月前、結婚と出産をして新居に引っ越していた。多忙で時間があわなかったE子さんはその夕方、初めて友人の家にいくことができたそうだ。


子どもは大きな黒目をした元気な男の子だった。

E子さんが抱いても嫌がらず、逆にきゃっきゃと声をあげて笑う子だった。

「すごく人懐っこいね！」

「そうなのよ。全然、人見知りしないの」

話しながら子どもの頬を撫でると、E子さんの指に手を伸ばしてくる。

その顔はとても嬉しそうで可愛らしい。

E子さんの顔にも笑みが浮かぶ。

それをみていた友人がこんなことをいった。

「でもね、なぜか旦那にはまったく懐かないのよね……」

旦那が仕事から帰ると途端に機嫌が悪くなる。彼がスプーンで離乳食をあげようとしても口を開かないし、風呂に入ろうと抱きあげると火がついたように泣き出す。

もしや男性のことが苦手なのかと思いきや、友人や旦那の父親には嫌がる様子はないし、友人の弟が逢いに来ても大丈夫だった。

とにかく「旦那にだけ」懐かないのだと友人はいった。

こんなに愛想が良いのになぜだろうとE子さんも不思議がった。


夜になってE子さんがそろそろ帰ろうかと考えていたころ。

玄関が開く音がして「ただいま」と声が聞こえてきた。

「あ、旦那だ。思ったより早く帰ってきたみたい。ちょっと待っててね」

友人はそう言って玄関へ出迎えにいった。

「おかえり。いまね、友だちが遊びにきてるの」

説明する声が聞こえてきた。

それを聞きながらE子さんはベビーチェアーに座っている子どもをみる。

子どもは自分の母親の声が聞こえる玄関のほうをむいているが――E子さんはギョッとした。

子どもの表情は先ほどと同じで、にこにこと笑っている。

ベビーチェアーの真横に、どこから現れたのか、見知らぬおんながいた。しゃがみこんで首を伸ばし、子どもの耳元に口をよせてボソボソとなにかをつぶやく。

E子さんが「ひッ」とちいさな声をだした。

おんなは彼女のほうをむき、唇を歪ませて笑い、薄くなって消えた。

消えた途端に子どもの表情がぐぐっと、ゆっくり曇っていく。

「ああ、こんばんは。初めまして。亭主です」

旦那を連れて友人が部屋にもどってきた。

E子さんは「ど、どうもはじめまして」と平静を装った。

横目でちらりと確認する。赤ん坊は旦那をじっと睨みつけていた。

E子さんは自分がみた女性のことを、友人夫婦に話さなかった。

理由はなんとなく、としかいえないそうだ。

数カ月後、友人夫婦は別居したあとに離婚した。

なぜ離婚したのか、E子さんは詳細を聞いていない。

友人いわく、旦那はもともと女好きだったそうで——結婚に至るまでに、彼の女性関係で大変なことがいくつもあったという話だ。

船が来る

三十年以上前、大阪の豊中市に住むNさんが小学生のころの話である。

ある夜、彼の父親が大きな包みをかかえて帰ってきた。それは会社の同僚からゆずってもらったゴムボートだという。

「いいやろ。オールもあるで。今度の休みの朝、川で浮かべようや」

Nさんの父親は時々、このような遊び企画を持ちこんでくる人物だったそうだ。

その朝、父親は車でNさんを阪急電鉄の三国駅すぐ横にある神崎川につれていった。

足踏式エアーポンプで空気を入れてゴムボートを完成させる。

水難事故用のハシゴから川に浮かべてNさんと一緒にボートに乗った。

海にもいったことのないNさんは、浮かんでいる感覚が不思議なものに思えた。

「立つと危ないから、座ってなアカンで」

そういうと父親はオールで漕ぎはじめ、下流にむけてボートを進ませていった。

海に繋がっている川とはいえ、当時はまだ工場からの廃水が酷く汚かった。水面は淀んだ黄緑色で、ところによっては青や赤が入り混じっている。

子どもながらにNさんも（めっちゃくちゃ汚い水やな）と思っていた。

神崎川駅横の橋をくぐって進んでいく。

「お父さんの田舎、海が近かったからな、ようこうやってボートに乗って……」

父親が話していると「おーい」という声が聞こえてきた。

声の聞こえた前方に目をむけると、ずいぶん離れたところに一隻の船がみえた。

サイズ的にはこのボートと同じ大きさの、船首が尖った木造の和船である。

「なんか呼んでるで」

「だれやろうな。漁船みたいな船やけど、魚なんておらんやろ」

父親が首をひねっているので、Nさんはなんとなく気になって船をみていた。

「おーい」

また船から声が聞こえてきた。

やはりこのボートにむかって叫んでいるように感じる。でも呼びかけている者の姿が

みえない。Nさんが不思議に思っていると父親は、

「ぶつかったらアカンからな」

念のためにボートの進路をすこし変えて、船との距離を開けた。

近づいてくる船をみているとまた「おーい」という声。

「やっぱり船から聞こえてくるよな。でもだれも乗ってない……悪戯してるのか？」

船はどんどん近づき、ついにボートの横に並ぶ寸前、父親はオールをかけて中腰で立ちあがった。船の壁面に寝転がるくらいしか、隠れる場所がないからだ。

Nさんも首を伸ばして船の床部分、甲板を覗く。

——やはりだれもいなかった。

死体のように、布にくるまれたひとが微動だにせず寝そべっているだけだ。

だれも漕ぐ者のいない船はまっすぐ進んで、消えていった。

コンパの帰り

学生のN川さんはサークルコンパに夢中になっている時期があった。

たいていは男性四人と女性四人の組みあわせ。酒を呑みすぎるN川さんたちはいつも悪ノリになってしまい、女子たちは顔を引きつらせて帰っていく。彼らも本気で彼女が欲しかったが、なかなか思うようにはならなかった。

その夜もコンパを組み、東京の錦糸町で呑んでいたが、いつものようにダメだった。ずいぶん早い時間に女子たちが帰ってしまったのだ。

N川さんたちは近くの居酒屋へいき、男だけの呑み会に興じて楽しんでいた。

それでも呑み足りなかったので、N川さんが住んでいるマンションにいって部屋で呑もうということになる。電車に乗って三駅ほどなのでいちばん近かったのだ。

改札を出た四人が転ばないよう、階段をおりていたとき。

「お、あの子、可愛いんじゃね？」

友人のひとりが足を止めて、階段の上のほうを指さした。

階段をあがりきる手前で、ミディアムヘアーの女性が、壁にむかって立っている。背中しか見えないが、

「あ、本当だ、なんか可愛いっぽいな」

足を進めながらも女性が気になり、友人は何度も振り返っている。

階段をおりきったところで再び立ち止まった。

「オレ、ちょっと声かけてこようかな」

「おお、いいじゃん。一緒にオレのマンションで呑もうって誘ってこいよ」

よし、がんばってくるわ、と友人はひとり階段をあがっていった。

N川さんたち三人はそれを階段のしたからみている。

横にいた友人が「なあ、あの子なにしてるのかな?」と聞いてくる。

「さあ、オレらと同じ学生じゃねえの?」

「じゃなくて、あんなところで立ってなにしてるんだろ?」

いわれてみれば、女性が立っているのは階段の途中だ。

たくさんのひとが通るところなのに彼女は壁をむき、頭を垂らしている。

「……そうだな。もしかして酔っぱらってるかもよ」

そんなことを話しているあいだに、友人が彼女の後ろに立った。

肩を叩いて、なにか話しかけているようだが女性は動かない。

なにか変だな、とN川さんたちは思った。

確認しようとしたのか、友人が横に並んで女性の顔を覗きこんだ瞬間。

「あッ！」

友人は声をあげて足を踏み外し、階段から転げ落ちた。

すぐに「おい！」と友人のもとに駆け寄る。

友人は階段の途中で踏ん張って止まり、階段のうえを見上げていた。

「なにやってるんだ、大丈夫か！」

「あ、あれ、あれみて」

友人が指さす女性のほうにNさんたちは顔をむける。

目も鼻もない、真っ黒に塗りつぶされた顔の女性がこちらを見下ろしていた。


ＪＲ新小岩駅の話である。

九時よ

二十年ほど前、Ｍさんが東京都江東区のアパートでひとり暮らしをしていたころ。
就寝していると、家の固定電話が鳴った。
受話器をとって「……もしもし」と声を絞り出す。それは女性の声だった。
「ほら、もう九時よ、そろそろ準備しないと」
プツッと電話は切れた。
開かない目を無理やり開けて時計をみると、まだ午前二時前だ。
(間違い電話かよ。九時じゃねーし)
受話器を置くと、すぐに眠った。
しばらくすると再び電話が鳴って、また起こされた。
「ほら、もう九時よ、そろそろ準備しないと」
プツッ。電話が切れる。

(だから、九時じゃねえって)

しばらくして、再び電話。また同じセリフ。プツッ。

さすがにイライラしてきた。

再び電話が鳴ったので受話器をとると、

「おいッ！　ふざけんじゃねえぞッ！　何時だと思ってるんだ、テメエ！」

Mさんは電話の相手を怒鳴りつけてやった。

「九時よ。そろそろ……」

「だから九時じゃねえよッ！　ぶっ殺すぞ！」

「わかった」

プツッ。電話は切れた。

次の瞬間、カンカンカンッ！

外からアパートの階段を駆けあがってくる音。

ダダダッと廊下を走る音が聞こえて、鍵をかけていたはずの玄関ドアが開かれた。

(わわッ、なんだ、なんだ！)

躰を強張《こわば》らせるMさんがいる部屋に、巨体のおんなが入り、ベッドに飛び乗った。

顔をぐっと近づけて、両手でMさんの頬を挟んで、

「九時よ！　九時よ！　もう九時よ！　準備しなくちゃ！　ね！　ね！」

慌てておんなを押しのけて電気をつける。

「うおおッ！　だれなんだ、テメエ！」

電気がついた部屋にはMさんしかいなかった。

まわりをよく探すがだれもいない。

（夢か？　オレは寝ぼけていたのか？）

ドアが開いたままの玄関をみると、隣の大家がパジャマ姿で立っていた。

「だから、この部屋やめておいた方がいいって、いったでしょ。出るなら」

ひと月分だけの家賃でいいからね。

そういって大家はドアを閉めて、自分の部屋にもどっていった。

引っ越してひと月ほどの出来事だったそうだ。

それでは

上司に頼まれて倉庫に荷物をとりにいった。

なかは真っ暗だったので、電気のスイッチを探す。

「それでは、始めましょう――」

奥から声が聞こえたかと思うと、ぽッとちいさな灯りがついた。

蝋燭《ろうそく》の炎の前で正座をしている、白装束の男性がこちらをみて笑う。

変な人

「私ね、よく霊に逢うんです。いいえ、偶然ではありません。自分から好んで逢いにいくんです。怖くなんかないですよ。だって、もと人間なんだから。よくいうでしょ、生きている人間のほうが恐ろしいって。ええ。私もそう思います。このあいだも夜、眠れないから墓地にいったんですよ。そこで知りあった霊と話をしに。墓地のなかにはいると、墓石を磨いているお爺さんがいて、ホント驚きました。目があって、お爺さんもびっくりしたようで『いや、眠れないから、誰かの墓石を綺麗にしようと思って』って。こっちが聞いてもないのに、そういっていました。気持ち悪いでしょ。そのお爺さんを無視して、奥に歩いていって、私のお気に入りの男性の霊、彼にお爺さんのことをいいました。彼ですか？　そのことに対して？　なにもいいませんよ。霊ですもん。じっと私をみているだけです。死んだときの顔色のまま、恨めしそうな表情で私をみているだけ。ホント、変なひとには気をつけたほうがいいですよね」

カッケ

なんのミスか、病院の廊下で遺体が放置されたままになっていたらしい。

それをみた彼は「カッケ（かっこいい）！」とスマホで写真を撮り、メールを送ってきた。なにがカッコいいのか全然わからず、返信もしなかった。

翌日、彼は理由もなく、その病院の屋上から飛びおりた。

重傷だが生きていた。

見舞いにいくと、涎《よだれ》を垂らしながら「マジでカッケ！」と廊下を指さしていた。

つぶす

霊媒師の男性の家に遊びにいった友人が、変なノートをみつけた。
すべてのページが「〇〇をつぶす」という文章で埋まっていた。
〇〇は女性器の隠語だった。

同じことが書かれたノートは、棚に何百冊も並んでいたという。

紙

親せきの家の庭に咲いた花をみていた。
紙の端がすこし地面からでているのに気づいて、それを引き抜いてみた。

【二〇三五年　八月四日　ここで殺した】

地面に紙を埋めなおしておいたが、なぜかその年が楽しみでならない。

蜘蛛のような

道を歩いていると「むかし、すげえオンナみたよ」といわれた。

なんだよ、すげえオンナって。

「ここだよ、この道。ここ塀で囲まれてる一本道だろ。ここでみたんだよ。小学生のころ、塾の帰りにここ通ってたんだよ。そのときみたんだよ、気持ち悪いオンナ」

だから、どんなオンナよ。

「夜さ、これくらいの時間。自転車でここ通ったら後ろからバタバタ、バタバタって聞こえるの。なんだ？　と思って振り返ったら、四つん這いのオンナが肘をまげて後ろから追いかけてきたの。もうマジ全速力。必死でチャリンコ漕いで逃げたぜ」

うわ、オンナ！　気持ち悪っ。

「蜘蛛みたいだったぜ。この話さ、みんな気持ち悪がっていい反応するんだよな。でも、むかしここでなにかあったとか、そんなのいっかいも聞いたことないんだ。そのオンナの顔、いまでも覚えてるよ。口を大きく、だらんッて開けてさ」
違うよバカ。後ろ、塀のところ、いるよ、いま！

振り返ると、塀のうえにオンナが立って大きく口を、だらんッ。

警察官の憂鬱

関西で警察官をしているMさんの話である。

彼は独身時代、寮で暮らしていた時期があった。

数年経つと寮が厭になり、違うところで暮らしたいと思いだした。

駆りだされるのが厭なのだ、とMさんは話す。

業務が終わっても休暇の日でも、緊急の事件や事故で人手が必要になると、すぐに連絡がくる。居場所がわかっている若い警官から声をかけるようにしているのだ。

最初は正義感から休日の仕事もやむなしと意気込んでいた。

しかし、そういったモチベーションは続かない。

なんの得点にもならないことに嫌気がさしていった。

ある休日に友人を誘って呑みにいき、路地でケンカを目撃した。

あきらかに複数の人間がひとりをよってたかって殴りつけていた。

殴られている男は抵抗するようすもなく、血まみれになって耐え忍んでいる。

その状況でもMさんは素通りするらしい。

彼は躰も大きいし腕に覚えもある。殴っている男たちの服装や雰囲気から「その筋の人間」であることもわかったので、彼なら自分の職業を明らかにすることで、腕力に頼らずとも場を収めることができる。でも、通報すらせず立ち去る。

理由は「警官だから」だ。

自分が警官だと発覚すると事後処理を手伝わされる。

余計な仕事が増えてしまう上、休日が台無しになる。同僚や上司からは「その場にいながら、お前はなにをしていた」と責められるのも面倒くさい。

Mさんは友人の冷たい視線を感じながら、その場をあとにする。

なぜ警察という仕事を選んだのかを考える瞬間だ。

我々からするならば恐ろしい話である。市民を守る警官もひとりの人間、正義も法律も勤務時間内でお願いします、ということなのだろうか。

それは休暇の日の出来事だった。

昼間、退屈を持てあましたMさんはひとりでドライブにでかけた。

外は快晴そのもので窓からはいってくる風も心地よい。

ラジオから流れてくる音楽を聴きながら道路を進んでいく。

いくつかの峠を越えて進んでいくと、前方の反対車線に人影がみえた。

速度を落としてようすをうかがうと、それは幼い少女だった。

民家もなにもない山の道路にいる子ども。いくら昼間とはいえど、どうしても違和感を覚えてしまう。

女の子の真横にさしかかった。

顔を両手で押さえて座りこみ――泣いているようだった。声をかけようかという発想と共に、頭の隅で損得の計算を始め、ミラーのなかの少女は遠く離れていく。

恐らくなにか問題があって、ひとりこんな山奥の道路にいるのだ。

迷子か?

送っていくだけならば問題はない。車に乗せて連れていけばいいだけ。

だが、両親を探しているならばどうだろう。捜索のため通報しなければいけない。

それはつまり、自分も両親がみつかるまで拘束されてしまうことを意味する。

せっかくの休日はそれで台無しになってしまうだろう。

あんなちいさな女の子を放っておくのか。

大人が酔っぱらって自ら問題を起こしているのとはワケが違う。

(これはきっと、オレの義務だ)

Mさんは車を止め、Uターンして少女のもとへもどった。

彼女は先ほどと変わらぬ場所におり、両手で顔を伏せ続けている。

少女の近くで停車してMさんは車を降りた。

「大丈夫？　こんなところでなにしてるの？」

少女は呼びかけに応えず、顔を隠して声もださずに泣き続けていた。

しゃがみこんでもう一度、声をかけるが、やはり返事がない。

少女の肩に触れて「ねえ」とかるく揺さぶった。

両手を顔から離して、泣きじゃくった顔で彼を見上げた。

Mさんは声をあげた。少女の顔には見覚えがあった。配属されている派出所の前にある掲示板。そこに貼られた行方不明者の写真がこの少女だ。

Mさんは覚えていた名前を確認すると、少女はうなずいて手を握ってきた。

「いままでどこにいたんだ！」

「知らないおじさんに……つれてこられた」

震えが手から伝わり、少女はすがるような表情でMさんをみている。

「とにかく助けを呼ぶから、ここで待っていて」

手を離すと携帯電話をとりに車にもどった。

数カ月のあいだ行方不明になっていた少女を発見した——上司に話して場所を尋ねられ「いますぐにいくからその子をしっかり保護していろ」と電話は切れた。

Mさんは「大丈夫、すぐに家に帰——」と顔をむけると、いなくなっている。

まっすぐに道が続いているだけで、少女の姿はもうどこにもなかった。


行方不明の少女発見から、迷子の捜索に捜査は変わった。

Mさんも参加しての大騒ぎになったが結局、少女が発見されることはなかった。

目撃したのがひとりだけということもあって、翌日には捜索は打ち切られた。

すでに十年以上の月日が経っているが、彼女はいまだに発見されていない。

泣きじゃくった表情、手の感触とぬくもり――。
Mさんはどうしても、少女がゆうれいだったとは思えないと語った。

変になる席

都内在住のGさんから聞いた話だ。

彼はチェーン展開をしているコーヒーショップに勤めている。

関東にかなりの数がある有名な店だ。

Gさんが勤めている店舗のカウンター席には、椅子がひとつ足りなかった。

明らかに一人分ほどのスペースが空けられているのだ。

働きだしてしばらく経ったころ、彼はその席のことを店長に尋ねたことがある。

「あそこのカウンターの奥って椅子がひとつ足りませんよね。ないんですか？」

「いや、あるよ。倉庫に入ってるんだ」

「お客さまがスペースを広めに使えるように、とってあるんですね」

Gさんが言うと「違うよ」と店長は作業をしながら答えた。

「あそこね、どうしてかわかんないんだけど、変になるの」

「はい？」

「変。変になるんだよ、お客が」

意味がわからず詳しく聞こうとしたとき、団体が店に入ってきた。

すぐにレジにいって「いらっしゃいませ」と対応する。そのまま忙しくなってしまい、席のことは聞けずじまいになった。


それから数カ月が経ったある日のこと。

昼時で店は満席だった。コーヒー以外にも簡易的なランチメニューがあったので、Gさんは慌ただしく調理していた。すると、ひとりのお客が声をかけてくる。

「すみません。奥のカウンター席に変なひとがいるんですけど……大丈夫ですか」

目をやると、カウンターに座っている全員がざわついているようだ。

確かに妙なのでGさんはようすをみにいく。奥の椅子のないカウンターでスーツ姿の男性がしゃがみこみ、声をあげながら顔を伏せていた。

「あの、お客さま。大丈夫ですか、お客さま」

声をかけると男性は「……助けて、助けてくれよお！」と大声でわめきだした。

異常に気づいた店長がやってきて、男性をみるなり、スタッフルームに入っていく。

店長は電話をかけたらしく、すぐに救急車がやってきた。

男性は救急車まで搬送されるあいだ、ずっとわめき続けていた。

「オレが悪いんじゃない、だれだって殺されたくないハズだろお」

半狂乱になり暴れながら救急隊員につれていかれた。

他のお客たち同様、Gさんも顔を引きつらせた。

「……なんですか、あれは？」

「マジであのスペースなんとかしないと、他の客にも迷惑だな」

「スペース？　スペースってあの空いているカウンター席のことですか？」

Gさんが尋ねると店長は「あとで話すよ」とため息を吐いた。

店の営業が終わってから片づけをしているとき、店長が話しだした。

「たまにいるんだよ。いっぱいだからと立ったまま、カウンターのあの場所を使うひと」

そこでGさんはやっと、あの椅子がない席のことを思いだした。

「それと、どう関係あるんですか?」

「絶対、だれにもいうなよ。前の店長……殺人で逮捕されたんだよ」

Gさんは思わず「え!」と声をだす。

「捕まる前の夜、閉店した後にあそこの椅子に座ってブツブツなにかいってたらしい。それからだよ、あそこに座ったお客がおかしくなるの。だから椅子は置かないんだ。これでもまだマシになったほうなんだ。お祓いする前は、夜になると被害者の男性が立ったんだからな……いや、本当に、すげえ迷惑だよ、こっちは」

怨むなら刑務所にいる加害者のところにいけよな、と店長はボヤいていた。

現在、その席には大きめの花瓶が置かれているそうだ。

高速の喫煙スペース

大阪に住むFさんが、奥さんと車で京都へ遊びにいった帰り道での話だ。

陽が落ちて暗くなったころ、車で阪神高速を進んでいった。

助手席にいた奥さんが「トイレ」といいだしたのでサービスエリアによった。

トイレの近くに喫煙スペースがあり一服しながら奥さんを待っていた。

携帯をみていると「はぁ」と短いため息が聞こえた。

ちらっと目をむけると、横に男が立っていた。厭なことでもあったのか、男は数十秒おきにため息を繰り返していた。

気になってまた男をみると、だらりと両手を垂らして立っているだけだ。

(煙草を吸ってないやん……まあ、いいけど)

しばらくため息を聞きながら煙草を吸って灰皿に捨てると、自動販売機の前で奥さんがこちらをみつめているのに気づいた。奥さんのほうに歩き「終わった？　じゃあいこうか」と声をかけると、一緒に車へもどった。

豊中南インターをでたところで奥さんが尋ねてきた。

「ねえ、さっき煙草吸うてたとき、横に男のひとおったの気づいた？」

「ああ、おったな。なんか知らんけど、ため息ばっかり吐いてたで」

「あのひと、足がなかったで」

奥さんがいうには、上半身だけが浮かんだ男だったという。

「死んだことがショックやったんかな。なんか落ちこんでる感じやった」

奥さんはそういうと、しばらく黙っていたそうだ。

デパートの喫煙所

大型デパートで警備員をしているCさんは、その夜も見廻りをはじめた。

懐中電灯を片手にフロアを順々に巡って、異常がないかどうかを確かめていく。

（ここは異常なし、と）

食料品販売のフロアやフードコートなどはだだっ広いだけで平気だ。

ファッションフロアはマネキンがいくつもあるので、気持ちの良いものではない。

懐中電灯のひかりが影をつくり、人影が動いているようにもみえるからだ。

（よし、ここも異常なし）

それぞれの店舗に警備のセンサーがついており、侵入者がいればすぐにわかる。

しかし、通路やトイレなどはセンサーの死角になるところも多く、目で確認しなければならない。そこを時間毎にチェックしていくのが彼の仕事だ。

昼間は明るくにぎわっていても、だれもいなくなり闇に溶けこんだ売り場はどこも不気味だった。

懐中電灯を照らしながら進んでいたCさんの足が止まる。

十メートルほど先、非常階段手前の床がぼんやりと光っているのだ。

ちょうど喫煙所として設置されている部屋の前である。

蛍光灯がつけられたままになっていると思ったが、三時間ほど前にみたときには消えていた。

光の弱さからして、なにかがなかで発光しているようにも思える。

喫煙所だけに「火事」という言葉も浮かんだが、それならば火災警報機が鳴っているはずだ。炎特有の揺らめいた光でもない。

Cさんは（とにかく確かめなきゃ）と足早に喫煙所へむかった。

足音を立て廊下を進むと、ふっと光が消える。

前に立ってガラスの扉を開けようとするが施錠されており、なかには入れない。

腰にぶらさげた鍵の束を懐中電灯で照らし「喫煙所は……」と鍵をみつけた。

施錠を解き、扉を開けてなかに入る。

しかし、これといって異常は見当たらない。

並んでいるスタンド灰皿も奥の壁際に置いてあるゴミ箱も調べたが、特に変わったところはない。念のために備えつけられたベンチのしたや壁の隅々まで調べたがやはりなにもなかった。

（なにもない。さっきのは、なんだったんだ？）

気のせいだったにしては……と首をひねりながらCさんは喫煙所の外にでた。

しっかり鍵をかけて、閉まっていることを確認する。

「これでよし」

ガラス戸越しに喫煙所のなかを覗いて思わず「えっ？」と声をだした。

スタンド灰皿の前のベンチにひとがいる。

全身が真っ黒でどんな服を着ているのかもわからない。

暗闇に溶けこむように座っているが、シルエットからして男のようだ。

両手を膝におき、まっすぐ前をむいて動かない。

つい数秒前までなかにいたCさんが男に気づかないワケがない。

確かにだれもいなかったはずだ。

でも実際、男がベンチに座っている。

驚きと戸惑いでCさんは声をあげた。

「だ、だれだ、そこでなにしてる！」

男はゆっくりと顔を動かして入口のガラス戸、Cさんのほうをむいた。

その瞬間、反射的に階段をおりて事務所まで逃げもどった。

絶対に人間ではない、と確信したのだ。

暗くて髪型も目も鼻も、確認できなかった。

にもかかわらずCさんのほうをむいて、歯をみせて——笑ったのだ。

それからも時々、喫煙所がぼんやり光っていることがあるが、確認にはいかないようにしているという。

煙草はベランダで

Ａさんが初めて、彼女の住むタワーマンションにいったときの話である。

煙草をくわえると彼女が「ベランダで吸ってくれない？」という。

彼が広いベランダにでようとして、履くものがないことに気づく。

「あ、ちょっと待ってね」

彼女は玄関にいき、サンダルを持ってもどってきた。

「ごめん、これ履いて」

「なんだお前、ベランダ使ってないのか。洗濯物とかどうしてるんだ？」

「ウチの洗濯機、全部自動だから。ほとんどそこに出ないわよ」

「……よろしい身分ですな」

彼はサンダルを履いて、ベランダにでると煙草に火をつけた。

夜景が綺麗で（タワーの高層階は違うな）と思いながら眺めていた。

ふと斜め前のマンションをみると、ベランダに人影が立っているのがわかった。

むこうも同じようなホタル族、部屋で煙草を吸えないのかとAさんは思った。

暗くて人影の性別はわかりにくかったが女性のようだった。

むこうはじっと動かず、こっちをみているようだ。

なんとなく気まずかったので、Aさんはすぐに煙草を消して部屋にもどった。


部屋にいったのはその一回だけで、あとは彼女がAさんの家にきていたそうだ。


数年後のこと。Aさんはその彼女と別れていたが、あるとき、呑みにいったショットバーで偶然に彼女と再会する。

思い出話に花を咲かせているとき、

「そういえば、お前まだあそこ住んでいるのか。眺めのいい部屋だよな」

「……もう売ったわよ。気味が悪くて住めないわ、あんなところ」

どういうことか聞くと、彼女はこんな話をした。

ある夜、数人の友だちと部屋で呑みながら騒いでいた。喫煙をする者がいたので彼女は「ウチは禁煙だから、ベランダで吸ってね」とAさんと同じことを頼んだ。

二時間ほど経ち、彼女たちがソファに座って喋っていると煙草を吸いにいった男友だちの「おおッ」という声がベランダから聞こえた。

すぐに部屋に入ってきて、

「マジでヤバいって！　ゆうれいがいる！　すげえ、すげえ怖ええッ！」

彼は震えながら警察に電話するよう、まくし立てた。

みんなで落ちつくように言ったが彼は聞かない。

「すぐ前！　むかいのマンション！　ゆうれいがいるんだよ！　こっちをずっとみてるんだ！　ここにくる！　くるんだよ！」

そう叫び終わると、今度は頭を抱えて大声で泣きだした。

尋常じゃないようすで、彼になにかが起こっているのは間違いない。

錯乱していると判断し、なだめてタクシーで帰らせた。

「なんだそりゃ。結局、原因はなんだったんだ？」

「知らないわよ。ただ、ゆうれいがいるって。それで私、ちょっと怖かったけど」

皆が帰ったあと、彼女はベランダからむかいのマンションに目を凝らした。

確かに同じくらいの階に黒い人影がみえたそうだ。

そこでAさんも（そういえば）と自分もそれをみたことを思いだした。

「あの人、ぜんぜん動いてなかった。だから、もしかしたら干したままの洗濯物かなにかだったかも。でも昼間はいないし……あとね、ずっと見ていると、息が切れそうな感覚になるのよね。どうしてかしら、あんなに離れているのに、ああ、あのひと、女性だなって思えるし……なんだかね」

気味が悪くて厭になっちゃった、と彼女は話していた。

ちなみに、錯乱した男友だちは搬送された翌日、屋上から身を投げたそうだ。

龍神さま

Y谷さんが高校生のころの話である。

当時、彼は文化祭の準備に追われて、帰宅するのが遅い日々が続いていた。

その夜は特に遅くなり、帰宅するなり「お腹すいたあ」と母親に空腹を訴えた。

「すぐご飯できる？　マジですげえ腹減ってるんだよね」

「ちょっと待って。夕方、お祖父ちゃんが倒れて病院からいま帰ってきたの」

一緒に暮らしている祖父が倒れたと聞いて、Y谷さんは驚いた。

「え……お祖父ちゃん大丈夫なの？」

「大丈夫。でもビックリしたわ。めまいがするっていった途端、倒れたんだから」

救急車がくるまで、すごく変なことといってたのよ、と母親は続けた。

今日は朝からおかしいと思ってたんだ。

天井のあたりからふわふわと煙が浮いていたし。
目がおかしいと思っていたが、あれは龍神さまが来てくださって、部屋をまわってい
たんだろうな。龍神さまが来てくださったのに、気づけなかった。
だから手も合わせることができなかった。
申し訳ないことをしてしまった。
こぼれてしまった墨をみた気がしたのに、目がおかしいと思ってしまった。
あとで必ずワシの部屋に水を供えて手をあわせてくれ。
ワシが死んでも龍神さまのせいじゃないから勘違いしちゃイカンぞ。
ああ、それにしても、なぜ気づかなかったのか。
バケツがなかったら、大丈夫だったのに――。

「そんなワケのわからないこと、救急車がくるまでずっとブツブツいってたのよ」
母親はフライパンを振りながら、ため息を吐いた。
「私、もうお祖父ちゃん死んじゃうんじゃないかと思って。本当にすごく怖かったんだ
から。まあ結局、ただの脱水症状みたいだったから、明日には退院できるみたいだけど

「……あら？　どうしたの？」

話を聞いたY谷さんは真っ青になっていた。

「……今日オレ、文化祭の準備してたら、水の入った黄色いバケツが足元にあったから、よけようとして転んで。そんで手に持っていた墨汁をぶちまけちゃったの」

「え？　墨汁？」

「うん。みんなで描いた大きな絵を台無しにしちゃって。そのせいで今日遅くなったんだよ……その絵が」

大きな龍のイラストだった、という話だ。

ＬＩＮＥ怪談

その春過ぎ、事務職のＷさんは困っていた。

上司からの執拗な誘いがとにかく酷かった。彼女は上司のＯさんに気があったワケではなかったが、花見のときに酔っぱらいすぎて、楽しくなって抱きついたのが悪かった。すっかり彼を勘違いさせてしまったようだ。

上司とのＬＩＮＥは次のようなものであった。

３／27
Ｗちゃん、昨日は楽しかったね。桜もきれいだったし。
飲み過ぎたみたいだけど、大丈夫だった？（11：00）

お疲れさまです、Ｏさん。きのうはご迷惑をおかけしました。

今日は二日酔いです。明日改めてお詫びいたします。（既読　12：36）

いいんだよ、たまにはハメを外さなきゃ。
それに私も正直楽しかったたし。今日の夜は何してるの？
もしも元気ならちょっと会わない？（22：55）

3／28
お疲れさま。あんなに謝られるとは思わなかったから
ちょっとビックリ。別に気にしないでいいんだよ。
今度、時間あいたら飲みにいこうよ（21：02）

お疲れさまです。Oさん、本当に申し訳ありません
でした。このお詫びは仕事で返させてもらいます！
頑張ります！（既読　21：31）

Wちゃんは頑張ってるからそのままで大丈夫だよ！
今は何してるの？　もう家？（23：41）

3／30
お疲れさま！　Wちゃんって映画とか好きなの？
オレはよく観るんだけど、いま公開中のアメコミのやつ知ってる？（0：04）
一緒に観にいかない？　っていうか休みは何してるの？（0：04）

映画はあまり観ませんねえ（既読　0：05）

好きそうなんだけどね（0：05）

字幕とかけっこう苦手なんです（既読　0：07）

Wちゃんは映画好きかと思っちゃった（0：07）

Wちゃん、そろそろ寝るの？（0：08）
Wちゃん、今度の週末って何してる？（0：09）
Wちゃん、週末空いてたら飲みに行かない？　美味しい焼鳥の店！（0：09）

週末は予定が入ってます。すみません。（既読　23：17）

3／31
Wちゃん（20：10）

どうしました、Oさん（既読　20：11）

彼氏とかいるの？（20：11）

4／01
Wちゃん、おーい（1：05）

おーい（1：05）
不在着信（1：05）
不在着信（1：06）
ちょっと電話してもいい？（1：06）
不在着信（1：07）
不在着信（1：08）

　　　　　　　　Oさん、すみません。私、彼氏いるんです（既読　7：22）

そっか、彼氏いたんだ。知らなかった（7：22）
ちょっと勘違いしちゃった（7：23）

4／13
彼氏と別れたら？（21：51）

5／10

Wちゃん、家にオバケ出るってホント？（21：03）

そうなんです（既読　21：04）

どんなの？（21：05）

影みたいな人が立ってるんです（既読　21：05）

影って？（21：06）

男の人みたいな（既読　21：06）

通話（21：07）

電話ありがとうございました。怖かったんで安心しました（既読　22：20）

いいよ、Wちゃんもいつでも電話して！（22：21）

5／11

昨日は眠れた？（7：20）

はい、昨日は何もなくグッスリ眠れました（既読　7：21）

お疲れ。今日も電話しようか？（20：39）

今日から彼氏が泊りにきてくれるんで大丈夫です！（既読　20：40）

は？（20：40）

え？（既読　20：41）

どうしたんですか、いきなり（既読　20：41）

ふざけんなよ（20：41）

お前、前から思ってたけど何様のつもり？（20：42）

舐めんなよ（20：42）

大体、お前からオレにアピールかけてきたんだろ？　勝手なことしやがって。困ったときだけ頼ってきて、要らなくなったらもう用済みですか（20：43）

ああ、そうですか（20：43）

ブスが（20：43）

不在着信（20：44）

不在着信（20：45）

不在着信（20：46）

不在着信（20：47）
おい、電話出ろよ、メス豚。テメェ、マジで許さねえからな（20：48）
お前、こんな事しといて会社いられると思うなよ（20：48）
くそが死ね（20：49）

5／12
今日会社休んだのお前のせいだぞ。お前がイライラさせるから仕事行く気にならなかったんだぞ。責任とれよ。体調崩しちまったぞ。どう責任とるんだよ。こっちはいつでも訴えれるんだぞ（9：59）
オレ知り合いに弁護士とかいるから（10：02）
刑法230条公然と事実を摘示し、人の名誉を毀損した者は、その事実の有無にかかわらず三年以下の懲役若しくは禁錮又は五十万円以下の罰金に処する（10：19）
こっちは毎日お前の家に行く夢、みてやってるのに（10：21）
不在着信（12：00）
今日からぶっ殺してやる夢みてやるからな（12：05）

不在着信（12：30）

5／14
お前家どこだよ、いまから話しつけに行ってやるよ。住所教えろ（22：30）
住所送れよ！（22：33）
男とヤッてるのか？　クソオンナが！（22：40）

6／12
Wちゃん、久しぶり。迷惑かけてゴメン（10：07）
病気になったせいだから、もう大丈夫だからね（10：09）

6／13
オレ会社辞めてからずっと考えてた（20：01）
本当に迷惑かけてごめんね（20：03）
生霊とか自分でどうしようもないし知らなかったから（20：11）

6／14
やっぱオレもう死んだほうがいいかなあ（1：09）
あの花見の日はたのしかったなあ（2：07）
不在着信（2：09）

6／15
ホントに死ぬね。ごめんね（4：21）

6／16
返事ちょうだい、最後に（7：07）

6／17
本当にゴメンね。死にます。さよなら（10：07）

Oさんをブロックしました

3／26
さくらの木でまってるね　おまえもつれていくからな（2：00）

以上が、Wさんのもとに届いたLINEである。

実際はこの三倍ほど長い内容なのでずいぶん削らせてもらい、プライバシー保護のため若干の変更を加えているが、文章は基本そのままにさせて頂いた。Wさんが部屋での現象をお祓いで解決して、上司のOさんは六月十七日に命を絶っている。

ブロックをしているのに届いたメッセージが、いったいなにかは不明である。

建築現場の怪

現場監督をしているTさんが一度だけ体験した話だ。

ある週末、家に帰ってから現場に鞄を忘れたことに気づいた。
鞄のなかには財布や仕事の書類、お茶が入った水筒や弁当箱が入っている。
面倒くさかったが財布までないのは困る。
翌日が日曜なので、仕方なくもどることにした。
現場に到着すると、車から降りて荷物が置いてあるプレハブにむかう。
プレハブは電気がついたままだった。
まだ、だれかが残っているのかな、とTさんは思った。
ドアを開けると、作業着姿の見知らぬ男が立っている。
Tさんの水筒を持ち、口をつけて、お茶をゴクゴクと呑んでいた。

男の躰は透けており、むこう側にある机がみえていた。
（このひとは人間じゃない、ゆうれいだ）
特に怖いという気持ちはなかった。
呆気にとられて動けないTさんに気づいた男は、
「すまん」
ひと言いうと、すッとかき消すようにいなくなった。
その途端に水筒が床に落ちて、からからと転がった。

その現場が完成するまで、数人の作業員がその男を目撃したという。

迷い老人

R美さんという女性が実家で暮らしていたときの話だ。

実家は田畑が広がる緑豊かな、ゆったりとした時間が流れる町にある。
土地も充分すぎるほど広いので、隣家との距離もかなりある。
のんびりできる田舎だが問題も多かった。
若いひとが皆、都会に出てしまいほとんどが高齢者ばかり。
獣がときおり山からおりてきて農作物に被害が出る。
買い物するのが不便で、車を持っていないと暮らしていくことができない。
そして認知症の高齢者による徘徊が深刻だった。
夕方になると三日に一度の割合で町内放送が流れてくる。
「本日午後三時三十分、△△さんお宅の△△○○さんが行方不明になりました。服装は茶色のスウェットに黒いズボン、茶色いジャンパー。心当たりのある方は消防署、または町内会事務所までご連絡ください」
R美さんの友人宅の祖父母が、呼ばれることもあった。たいていの場合はだれかに発見されて保護されるのだが、一度こんなことがあったらしい。

当時、中学生だったR美さんは自転車で登下校をしていた。
ある夕方の帰宅途中、自転車を漕いでいると道の端に立っているひとをみかけた。
セーターを着た老人で年は八十歳ぐらい、みたことのない男性だ。
気になって老人をみつめながら横を通り過ぎる。
彼は顔をこちらにはむけていたが、目は空をみているようすだった。
(もしかしたら、おじいちゃん、自分の家がわからなくなったのかな)
声をかけようとも思ったが、町内放送が流れてからでも大丈夫だろう。
R美さんはそう判断して家に帰ることにした。
自宅にもどって台所にいくと、母親が夕食の準備をしている。
「そういえばさっき、知らないおじいちゃんが立ってたよ」

「知らないおじいちゃん？　どこでみたの？」

「神社からまっすぐの道、金網のフェンスの近く」

母親はそれを聞いて心配になったようだ。

R美さんのいっている金網のフェンスの先には池があり、過去に認知症の老人が亡くなっていたこともあった。もしものことがあったら大変だと、母親は食事の準備を中断して、その付近を車に乗って確かめにいくことにした。

二十分ほどで母親は家にもどってきた。

玄関の戸が開く音が聞こえたのでR美さんは出迎えにいく。

「どうだった……あ」

母親の横にはさっきの老人が立っていた。

「ただいま。町内放送、流れてた？」

「ううん、まだ流れてない」

「このひと、お家がわかんなくなったって。消防に連絡するから」

母親はR美さんが伝えた場所で老人をみつけたらしい。

声をかけても笑うばかりでよくわからず、放っておくわけにもいかなかったので、連れて帰ってきたという。

徘徊している迷い老人を保護した場合、町内会もしくは消防署か警察に連絡して、捜索願（現・行方不明者届）の照会をすることになっている。

老人はR美さんたちの家のリビングに入っても、たいした反応はなかった。

やはり自分がどこにいるのか、わかっていないようだ。

R美さんは冷蔵庫からお茶を入れて、椅子に座っている老人の前に出す。

老人はお茶をみて軽く会釈をした。

「おじいちゃん、自分の名前、わかりますか？」

母親が聞いても笑みを浮かべるだけで答えてくれない。

「ダメか。私、電話してくるね」

そういって母親はリビングを出て電話をかけにいった。

R美さんは老人をみながら、なにか違和感があると思った。

この辺でみたことのない顔というより――みたことのない格好だと思えた。着ているセーター自体は特殊なものではないと思うが、どこか品があるというか、高級感のある感じがする。よくみるとセーターのしたに着ているシャツはアイロンがかけられているし、ズボンもきれいだ。徘徊している老人が着るものにはみえない。

「かわてら、しおり」

突然、老人がしゃべったのでR美さんは「え？　なんて？」と聞き返した。

「かわてら、しおり」

「かわてら？　それって名前？　名前ですか？」

老人はうなずいて薄く笑顔を浮かべた。

R美さんはすぐに母親のもとにいき、

「ねえ、ねえ、お母さん。あのおじいちゃん、かわてらしおりって名前いったよ」

「あ、もしもし、ちょっと待ってくださいね。え？　いまなんて？」

「かわてら、かわてらしおり。自分でいってたよ」

「それ自分の名前？　おんなのひとの名前じゃないの？」

「あ……しおりだもんね。でも変わった名前かもよ。一応、いっておいたら？」

母親は「そうね、一応」と電話の相手に、老人が口にした名前を伝える。

電話を切ると、

「すぐきてくれるみたい。名前も照会するって」

R美さんは、なんだか自分が困っているひとを助けるチカラになれた気がした。
ところが——。

「何歳くらいでした？　どれくらいの時間、お宅のリビングにいましたか？」

警察官が色々と尋ねてきて、母親もR美さんもうろたえていた。

彼女たちが電話を切ってリビングにもどると、老人の姿はなかった。

名前を聞いて、それを伝えにいき、母親が電話を切ってリビングにもどる。

その時間は合計三分ほどで、そのあいだに老人はいなくなってしまった。

不思議なのは電話をしていた台所からリビングの入口はみえていること。

廊下を通って玄関にむかったなら、彼女たちは気づくはずだ。

まさに煙のように老人は消えてしまった。

「服装はわかりました。靴はどうでした？　どんな靴を履いていましたか？」

「靴ですか……すみません、そこまではちょっと……」

「これ、ここに足跡がありますけど、おじいちゃんのものではないですよね？」

R美さんたちがみると、靴を脱ぐ三和土《タタキ》のところに裸足の足跡がある。

「いや……どうでしょうか……」

さすがに裸足なら道でみつけたときに気づきそうだが、記憶が曖昧だった。

足跡も老人のものといい切ることができない。

警察官は「調べます。この周辺も注意してみておきますから」と帰った。

これ以上はなにもできず、ただ老人の無事をR美さんは祈るしかなかった。


それから数日経って――。

帰宅すると、母親が「警察から電話があった」とR美さんにいう。

「あ、おじいちゃんみつかったの？」

「ううん、そうじゃないんだけど……どういうことか、わからなくて」

母親が「複雑なの」と話した内容はこうだった。


その日の昼間、警察から連絡があった。

内容は「老人は名前以外になにかをいっていなかったか？」というものだ。

というのも「かわてらしおり」は捜索願が確かに出されていた。

しかし、それはあの老人の名前ではなく八十過ぎの老女だ。

この場所からはかなり離れた、都内の老人ホームに入居していた老女の名前だった。

あの日の二日前、老女は同ホームの友人に、

「おじいさんと待ちあわせているから、いかなくちゃ」

そういい残して、行方不明になっていた。

彼女のいう「おじいさん」とは夫のことだ。

数年前、ふたり一緒にホームに入ったが、夫はすでに病気で亡くなっていた。

そして警察が捜索しているとき、都内の公園で凍死している老女がみつかった。

亡くなっていたのは間違いなく「かわてら しおり」さんだという。

老女は認知症を患っていたが、凍死という死因が納得いかず、遺族が調べてくれと騒いだ。待ちあわせをしていたのは、夫ではなく別の男性ではないかというのだ。

もしやR美さんたちが保護した老人こそが、老女の待ち合わせを約束した人物ではないのか、と警察は考えて連絡をしてきたというワケだ。

「でも私、名前以外は聞いていないよ」

「そうよね……でも……ちょっと、これをみて」

母親はノートパソコンの画面をR美さんにみせた。

開かれているページは、老女が凍死していたニュースの記事があった。

「ここに老人ホームの名前が書いてあるの、これが老人ホームのウェブサイト」

高級そうな施設で、お金がかかりそうなところだとR美さんにもわかった。

「なんかお金持ちが入る老人ホームみたいね」

「うん、そうなの。すごく綺麗なところなんだけど……ここかな」

母親はマウスを動かしてクリックしていく。

ウェブサイトの〈入居の流れ〉というページを開いて「ほら」と指さした。

〈初めて入居するご夫婦にも安心〉という言葉と、夫婦の写真が一例として載っている。

「あ！　このひと！」

夫婦の男性は紛れもなくあの老人だった。

「亡くなった奥さんを旦那さんが迎えにきたんだと思いますか？」

R美さんがそう尋ねるので私は首をひねった。

「そうなんです。もしもあの老人が亡くなった女性の旦那だとするなら、なぜ妻が亡くなった公園とか、老人ホームにいかず、ウチの田舎に現れたんでしょうか」

この地方の出身者？　もしくはこの付近に思い出のある夫婦だったんですかね？

R美さんも私と同じように首をひねるばかりだった。

床屋の会話

怪談の神さまが本当にいるかも、と思うようなことがあったので記す。

気分を変えようと珍しく髪を切りにいった。

私は美容室や理容室があまり好きではない。静かな空間で他人が尖った刃物（基本ハサミ）を持ち、頭の数センチ付近で音を立てながら衛星のように回転していく。

しかも、若くて細い男性がトンデモなくどうでもいい話題「今日はお仕事、休みですか？」とか「昨日のサッカーの試合、観ました？」と聞いてくる。

なぜ私に興味のないキミがそんなことを尋ねるのだ？

もしも私が正直に「サッカー興味ないんで観ないんですよ」といえば「それは残念です……残念だ」とハサミで脳天グサリ。わかっている。わかっているんだ。竹書房はふざけると、編集がカットするのでここまでにしておく。わかっているんだ。

グサリとされないために、私はほどよく愛想をばらまいていた。

すると、しばらくして青年が来店してきた。

年のほどは二十代前半といったところか。常連のようで私と違い、本当に愛想のいい青年だった。担当の理容師に挨拶をして、横の椅子に座り、

「いつもの感じでお願いします」

青年は明るい声でそういうと微笑んだ。

しばらくたわいもない会話をしたあと、理容師のほうが、

「そういえば、あのゆうれいってどうなりました？」

そういって興味深い会話をはじめた。

「いや、もうマジでヤバかったですよ。御札もぜんぜん効果ナシ」

「そりゃ効果ないでしょうね。住職だったらわかるけど、母親ってウケますよ」

「結局、大家に聞いたら、お祓いしたのになんでだろって、すげえ他人事」

「隣の家のおじさんでしたっけ？　大丈夫なんですか？」

「どうなんでしょう。意識がもどらないんで、ダメかもしれないっス」

「二十キロ、直撃って相当ヤバいですよ」

「でも普通、窓からあんなもの落ちるかなあ。やっぱどう考えても変っスよね」

「夜は相変わらずですか？　二時でしたっけ？」

「一時くらいっスね。まだきますねえ。このあいだ、ついにお祖父ちゃんらしき人物がきました。ニヤニヤしてましたよ」

「わあ……合計何人ってことになるんですか」

「パパ、ママ、子どもふたり、おんなのひと、お祖父ちゃん。だから六人です」

「わあ……もう、そうなると、ひとり暮らしじゃないですね」

「でも、あとすこし、もうすこし、ってどういう意味でしょう？」

「なんでしょう。もうすぐわかるんじゃないですか。それはそうと、痩せました？」

「いやあ、どうしてかな。めっちゃ体調いいんスけどね」

目のしたにクマをつくった青年は、そういって笑っていた。

夜なり

Yさんが家でくつろいでいると、妹から連絡があった。

「最近、変な音声が聞こえてくるけど、お兄ちゃんなにかわかる？」

「音声？　わかるわけないだろ。どういう意味だよ」

Yさんは都内で、音響機材をあつかう仕事をしている。

そのため妹は、兄は仕事がら詳しいはずだと尋ねてきたのだ。

「わかんないよ。それだけじゃ。音声っていったいなんだよ」

「なんかね、ウチのバカが変なことやって――」

そういって妹は自分の息子、Cくんの話をはじめた。


まだ高校生のCくんは動画サイトをみるのが大好きだった。

いつか自分も、動画配信を仕事にして生活していきたいと思っていた。

Yさんの妹、つまりCくんの母親は反対していたが父親は賛成した。

いまは新しい職業がたくさんある、やりたいことをやればいいという考えだった。

買い与えられたビデオカメラを使って、Cくんはいろいろなことに挑戦した。

すぐに動画をアップしたが、なかなか数字は伸びない。

数字が伸びる内容を追求しているとき、動画サイトで興味深いものをみつけた。

「心霊スポットを実況する」という動画である。

実際に撮影者がいわくつきのところにいって探索をし、その場所を映しながら霊を探すといったものだ。

これならばそこにあるものを映すだけで数字が稼げるかもしれない。

そう思ったCくんは、インターネットで都内にある心霊スポットを調べあげ、怖いのを我慢しながらも、ひとりでいくつかの場所を巡った。その結果、霊のようなものはまったく映っておらず、ただ震えた暗い映像しか撮れていない。

(やっぱり、手伝ってくれるひとが必要だな)

そう考えたCくんは友人に連絡をして、手を借りることにした。

友人はCくんよりも、そういったジャンルや場所が苦手で「オレは無理！　絶対にイヤだ」と強く断ろうとしていた。

Cさんは友人をなだめすかして、言葉巧みにいいくるめようとした。

「じゃあ、こなくていいからさ、いっかいウチで撮れた映像みてよ」

そういって彼をなんとか家に呼んだ。


その休日の夕方、Cくんの家にきた友人は、

「映像みても、心霊スポットにいくと決めたワケじゃないから。わかってるよな」

まだ同行するのを断るスタンスだった。

しかし、Cくんは思っていた。

（本当に厭ならここにくるはずがない……）

すこしかもしれないが、きっと友人も興味があるはずとCさんは踏んでいた。撮った映像をみせて「こんなに簡単だよ」と提示し、多少の金銭で釣るつもりだった。

映像は暗く、夕陽が邪魔にならないようカーテンを閉めて、ふたりでみていた。

数本撮れた映像を立て続けにみせていると友人が、

「ちょっといまのところ、なんか声みたいなのしなかった？」

それは都内の有名心霊スポットのひとつである、トンネルを映した映像だ。

あまりにもトンネルが短すぎて、Cくんが何度も往復して撮っていた。

「え？　どこよ」

「お前がトンネルの天井を映すところ。巻きもどしてみて」

Cくんは映像を何度も見返していた。

そんな箇所があれば気づくはずだ、と思いながら巻きもどした。

友人のいっていた箇所で再生ボタンを押して確認する。

確かにトンネルの天井を映しているが、声らしきものは聞こえない。

「……なんも聞こえないじゃん。ホントかよ」

「あれ？　さっきは聞こえた気がしたんだけどな」

「オレ何回もチェックしてるもん。なんて聞こえたんだよ」

「なんだろ、おんなのひとの声で、ナントカなり、みたいな」

そのとき、Cくんと友人が話している真上で、

「夜なり、夜なり、夜なり……」

女性の声が聞こえてきた。

ふたりとも反射的に天井へ顔をむける。
押し入れのうえの収納、天袋から髪の長いおんなが躰をだして見下ろしていた。
躰をまっすぐ、ぴんッと伸ばして浮いて、足だけが天袋のなかに入っている。
ぼろぼろの着物で、おんなの瞳には黒目がなかった。
ふたりとも「うわああッ！」と悲鳴をあげて部屋から飛びでた。
転がるように階段をおりて、一階にいる両親のところにやってきた。
「父さん！　母さん！　オレの部屋に、おんなのひとがいる！」

夜なり　2

「なんだよ、その話……めちゃ怖いな。でも、音声がどう関係あるんだよ」

「あの子の部屋を確かめにいったけどなにもなくて。ただ、Cがいってた通り、天袋は開いてたの。友だちはすぐに帰って、あの子は怖がって一階で寝るっていって」

「そうじゃなくて、音声は？　どう関係あるんだよ」

「だから。私も聞いたの、そのおんなの『夜なり』って声」


翌日の朝、Cくんは母親につき添ってもらい、怖々と二階にもどった。

「ああっ！　戸が閉まってる！」

「天袋？　昨日、父さんが閉めたの。念のために確かめてから」

「え？　マジで？　おんなのひといなかったの？」

「いるわけないでしょ。いたら大騒ぎよ。あんたちょっとビビりすぎよ」

母親はなにかを見間違えただけと思っていた。

Cくんのいったことを信じていなかったし、もし本当に霊のようなものだったとしても、自ら変な場所におもむき、撮影して、こうなったというなら自業自得だ。

母親はどこか他人目線でみているところがあったのだ。


その日の昼間、母親は掃除をしようと二階にあがった。

フローリングの床に掃除機をかけていると、機械音が聞こえた。

着信音が鳴ったのかと、掃除機をとめてポケットのスマートフォンをとりだす。

しかし、なんの表示も出ていない。気のせいか、と掃除を続けようとしたとき、

「夜なり、夜なり、夜なり」

母親は「きゃッ!」と反射的にしゃがみこんで、すぐに天井をみた。

そこには——なにもない、ただの天井があるだけだ。

(なに、いまの声……いや、音?)

母親にはその声が機械から出ているようなものに聞こえた。

(しかも、昼間だし……なんなの)

目を凝らしながら、本当に天井から聞こえたのかと確かめる。
そしてＣくんのいっていた、おんなのことを思いだした。
（まさか……本当にいるわけがないよね）
念のため、すぐ横にあったＣくんの部屋のドアを開けてみる。
天袋を見上げると、閉めたはずの戸が開いていた。

夜なり　3

「いまって音声、作れるんでしょ。パソコンとかで」

「作れるけど、天井から聞こえたってなんだよ。スピーカーとかないだろ」

「そうなんだけど……でもね、まだあるの」

　母親は気味悪がりながらも天袋を閉め、Cくんには昼間のことをいわなかった。

代わりに、帰ってきた旦那にそれを話すと「やっぱそういうのってあるんだよ。オレも子どものころ……」とどうでもいい怪談をはじめたので制止した。

「そんなのいいから。本当にあの子、とり憑かれているかもよ」

「でも……あの子がとり憑かれているなら、どうしてお前が声を聞くんだ？」

「そうじゃなかったとしても、どっか変なところいって連れて帰ってきたとか」

　推測しかできないので、結局ようすをみようということになった。

その夜、洗面所で歯をみがいていた旦那が「むわあぁッ！」と叫んだ。

同時に二階でCくんの悲鳴が聞こえる。

驚いていると、ふたりとも母親がいるリビングに走ってきた。

Cくんは「母さん！　また、出た、おんなが！」と取り乱している。

旦那は「聞こえた！　声が！　聞こえた！」と歯ブラシの泡まみれだ。

ふたりを落ち着かせて話を聞く。

自分の部屋にいたCくんが、気配を感じて見上げると、またおんなが天袋から躰を出していたと話す。旦那は洗面所で歯をみがいていると天井から、

「夜なり、夜なり、夜なり」

おんなの声が聞こえてきたというのだ。

ただしCくんは姿だけ目撃し、旦那は声だけだったという。

「父さん、おんなもみたんだろ！　本当のこといえよ！」

「いや、声だけだった！　はっきり聞こえたぞ！　オレがなんでウソつくんだ！」

変ないいあいを止めつつ、母親もそこを不思議に思っていた。

「とにかく！　絶対なんかがいるから、お祓いとかしなきゃ！」

Ｃくんは興奮していたが、母親はどこか冷静だった。

「ねえ、あなたが聞いた声ってどんな感じだった？」

「どんな感じって、お前……Ｃがいうようにおんなの声だよ」

「私、機械の声っぽく聞こえたの。甲高くなかった？　ヨルナリ、みたいな」

「甲高くって……まあ、いわれてみれば」

そういいながら思いだしたのか、旦那の腕に鳥肌が走っている。

「例えば、悪戯で録音した声を流すとか。そういうのって、できることじゃない？」

「ああ……なるほどな」

「違うって、そんなんじゃないよ！　あのおんな、絶対説明がつかないもん！」

「まあ、あんたがみたものの正体はわかんないけど……」

三人で、ああでもないこうでもないと話しているとき、リビングの天井から、

「夜なり、夜なり、夜なり」

よる、なり

「テープを早送りしたみたいな感じ。機械の声じゃない？」

どうしても信じたくないようで、妹は様々な可能性を提示していった。

だがどれも説得力にかけるものばかりで、Yさんは首をひねっていた。

「だれかにスピーカーを仕掛けられてるとしても、声が聞こえたのはCの部屋、二階の廊下、洗面所、リビングの天井だろ……共通点ないじゃん」

「そうなのよね。どう思う？」

「夜でもないのに『夜なり』だし、甲高い『ヨルナリ』だ。普通に考えると『夜になりました』ってのが正しい。姿をみたのはCだけで、お前と旦那は声だけ。機械みたいな声ってことは、甲高くて……発音が違うってことか？」

そのとき受話器のむこうから「夜なり」という声が耳に届いた。

妹はすこし震える声で「いまの……そっちに聞こえた？」と聞いてくる。

「……聞こえた。発音もわかった。ホントだ、機械みたいだ」

しかし「夜なり」というより、Yさんには「夜、なり」と聞こえた。

「お前、ちょっと待ってろ。かけなおすわ」

そういってYさんは電話を切ると、インターネットで言葉を検索しはじめた。

「夜なり」の「よる」を漢字変換していく。

寄る、因る、縁る、寄る、選る、倚る、由る——様々な「よる」がある。

「えっと『なり』って言葉がついているから……」

それとなく意味を掴んだYさんは、再び妹に電話をかけた。

「あのさ、多分だけどわかったよ、その『夜なり』が」

「え？　ホント？　私も『夜なり』って別の意味があるか調べたんだけど」

「いや、その調べかたじゃない。おそらく『よる』は『夜』じゃなく多分『よる』って動詞だ。『依るなり』もしくは『寄るなり』って書く。うかんむり、奇妙の『奇』ね」

「なにそれ？　どういう意味？」

「確かCがみたっていうおんなは、古い着物を着ていたんだよな」

「いや、古いかどうかはわかんないけど、ぼろぼろの着物っていってた」

「もしかしたら、むかしのいいかたかも。どっちにしてもお祓いしたほうがいいな」

結局、原因はまったくわからないままだった。

Cくんが心霊スポットからなにかを連れて帰ってきたのか。心霊スポットの映像を連続でみていたせいなのか。ただお祓いのあと、声が聞こえることはなくなり、Cくんの部屋におんなが浮くこともなくなった。

Yさんが予想した「よる」は「寄る」で「近づく」の意を持つ言葉だった。

「あなたに近づいたよ」ということだったのかどうかは、わからないが。

変質者

二十年ほど前、ある駅での話。

女性用トイレの個室から男性の笑い声が聞こえる。そんな苦情を受けた駅員が、確認すると確かに聞こえてきた。「ふふッ……ぐふふッ」という不気味な声だった。変質者がいると思った駅員はドアを叩くが、反応はなく笑い声が続く。「出てきなさい！」と怒鳴り、ドアの上に手をかけて躰を持ちあげ個室のなかを覗いた。

手に包丁を持った、青い顔の女性が首を切って死んでいた。

駅員は「間違いなく、確認する寸前まで声は聞こえていた」と主張している。

あはは

知人から電話があった。

「ゆ、ゆうれい、本当にいる！　いまコ、コンビニの帰りに、いた！　こ、怖い！」

「もう、冗談はいいよ。ふざけてるんだろ？　バレバレだよ」

「本当だよ！　みた！　ずっと、ついてきて、オレひとり暮らしだから、怖くて……」

「いまお前の横で笑っているおんなは誰だよ。そいつとふざけて電話してるんだろ」

「え？」

電話はそこで切れた。


その日から彼とは連絡をとっておらず、特に安否も気にならない。

怪談会の写真

十五年ほど前、Ｋさんという男性が怪談会を開いた。

実はそこに私も参加していたのだが、つい最近この話を知った。


その怪談会は円座を組み、ひとりずつ怪談を語っていくものだった。

何十畳もある和室で電灯を消して、和蝋燭を灯し、入口の鍵を閉める。

あまり覚えていないが、参加人数はそこまで多くなかったように思える。

二十人から三十人程度。

反時計回りの順番で次々と怪談が語られていく。

かなり広さがあったので、みんなに声が聞こえるよう、簡易スピーカーとマイクを用意してそれを順番にまわしていった。

短い話もあれば、長い話もあり、話がないひとはパスする。

たいていが本人、もしくは本人の家族の話だった。

順々に話が進んでいくたびに、和室の空気がヒヤリと冷たくなっていく。

早くも一周目が終わったので一度電灯をつけて明るくした。

休憩を入れて、みんなトイレや外へ煙草を吸いにいったりしていた。

しばらくして二周目がはじまる。

一周目よりも語るひとが多く、さらにいい雰囲気になってきた。

二周目が終わると同時に怪談会も終了した。

そして後日、こんな話があったそうだ。

一周目のときには和室の障子窓から月明かりが入ってきて綺麗だった。二周目は街灯に照らされた木が影を映して、風に揺られる葉まで確認できた。ところがその日は雨で月明かりは出ていないし、外に木も街灯もなにもなかったという。


数カ月前、そのときの怪談会に参加していた他のメンバーと逢うことがあった。

やはり彼も月明かりと木々の影をみていた。

そして「これみてくださいよ」とこっそり撮影していた写真をみせてもらった。

間違いなく木の影が映っている。
確かめたくなったので、東京にもどる前にその寺によって挨拶をした。
そして和室の窓を確認させてもらった。
やはり木はなく、窓の外には墓が並んでいるだけだった。
その写真はいま、私の手元にある。

紅いシャボン玉

ある夏に起こった話だ。

Eさんは妻と母親の三人で暮らしていた。

ある夜、居間でテレビをみていると、妻がすっとんきょうな声をだした。

「シャボン玉が飛んでる」

Eさんが妻の指さすほうをみると、部屋のなかをふわふわとシャボン玉が確かに飛んでいた。紅い色がとても鮮やかだ。いったいなにを材料にすれば、こんなシャボン玉がつくれるのだろうと思うほど綺麗な色だった。

「これ……どこからきたの?」

紅いシャボン玉は上下に揺れながらもまっすぐ、壁のほうにむかっている。

その反対側には窓があるが、きっちり閉まっていた。

クーラーをつけていたので風があるはずなのだが、それの影響を受けていない。

Eさんは立ちあがり、シャボン玉に近づいてみた。
部屋のむこう側が紅く透けている。
シャボン玉はそのまま移動して壁に近づいていった。
そのとき、風呂からあがったEさんの母親が、居間の戸を開けて入ってきた。
母親はタオルで頭を拭きながら歩き、シャボン玉に気づいていない。
「あっ……」
母親の頭にシャボン玉が当たり、ぱんッと弾ける。
とたん、母親は白目をむいて意識を失い、その場で倒れた。
慌ててEさんは救急車を呼んだが、母親は息をしておらず、そのまま亡くなった。

中津のマンション

阪急電車に中津という駅がある。終点になる梅田のひとつ手前であり、下町と都会の中間という雰囲気の街だが、そこが舞台の話を聞いた。

その女性は阪急電車に乗って梅田駅まで通勤していた。

途中、妙なものをみていた。

それは中津駅を出ると電車の車窓からみえる、新しめの綺麗なマンションだ。そこのベランダのひとつに、いつみても立っている子どもがいたのだという。

子どもは台のうえに立っているのだろうか、身をのりだし、走っていく電車の車両めがけて手を振っている。

女性は（だれにむかって手を振っているんやろ？）と不思議に思っていた。

ベランダまでは距離があるので、子どもの顔までは確認できない。

ただ口を広げて笑っているくらいは、かろうじてわかった。

女性は転勤になり、その仕事を辞めるまでの数年間、地方で頑張っていた。辞めてから大阪にもどり、久しぶりに阪急電車に乗ることがあった。

あのマンションが近づいてきて（ああ、そういえば、これくらいの時間に子どもがベランダにいたな）と思いだす。

マンションをみるが、もちろん子どもはいない。数年も立てば成長して大きくなっているだろうし、もしかしたら、もう引っ越していないかもしれない。

（あの子、元気だったらいいな）

懐かしく思っていると、くいくいッとスカートの端を引っ張られた。

顔の半分以上が口の、あの子どもが真横に立ち笑っている。

ママチャリ

ひとむかし前、関西に住むRさんという男性が中学一年生のころ。

彼は入学したばかりで新しい友だちもおらず、学校が終わると小学校の近くにある公園にいくことが多かった。仲の良かった年下の子たちと遊ぶのが好きだったのだ。

ある放課後、いつものように公園にいった。

みんなと「今日はなにして遊ぶ?」と話していた。

「自転車レースしよ！　おれ、競輪の○○選手みたいにめっちゃ速いで！」

当時流行《はや》っていたのか、自転車で速さを競う遊びをしようというのだ。

その公園には運動場のようなスペースがあり、そこを先に一周した子が勝ちというルールになった。Rさんを含め人数は七人。ふたりが自転車を持ってないので勝ち抜きの交代制だ。

「じゃあ、いくで！　位置についてヨーイ、ドンッ！」

掛け声と共に全力で自転車を走らせる。

全員ママチャリだったので、もちろんたいしたスピードはでない。怪我をすることを恐れない子どもたちは風になろうと、普段意識しない大腿四頭筋をパンパンに膨らませた。それでもスピードは知れている。なぜならママチャリだ。勝負のポイントはカーブで速度を落とさず曲がれるか否か。体重をかけ違えて転倒する子が続出した。競争にはむいていない。ママチャリだからだ。転倒すると買い物袋などをいれる柔らかいカゴがべっこりと凹む。みんなその度に母親の怒る顔と怒声が脳裏をよぎったが、意識的にそれをかき消すよう努めた。なにせママのチャリである。

ひとによっては病院にいくのではないか。そう思えるほどの出血の傷を負った者もいたが、勝敗しかみえていないRさんたちは思う存分楽しんだ。

日も落ちて、いい時間だから帰ろうということになった。

ヘトヘトだったが、小学生たちを負かした中学生のRさんは満足していた。

ひとり、またひとりと帰っていくなか、チェーンが外れて泣きそうになっている子を放っておけず、Rさんは修理してあげた。中学生らしいところもあったのだ。

自転車が直ったチェーンくんと話をしながら帰っていると、前方に赤い自転車に乗っている子がみえた。それはRさんと唯一並んで勝負をしていたAくんだ。すぐ彼に追いついたチェーンくんとRさんは妙なことに気づいて急ブレーキをかけた。

Aくんの自転車の車輪がまわっている——が、まったく進んでいない。宙に浮いているようにもみえたが、そうではない。A君は自転車にまたがってはいるが、停止しているように瞬きひとつせず前をむいている。前後の車輪はまわっているが、その場から動いてない。

Rさんたちは自転車を降りてAくんに近づいた。

「これ……どうなってるんや？」

顔も躰を微動だにせず、横に倒れもしない。

よくみると、回転している車輪の下の砂利がすこし飛び散っているのがわかった。

「おい、Aくん！　大丈夫か？」

聞こえていないようで、なんの反応もなかった。

Rさんは自転車の前に立ち、Aくんの顔の前で手を振った。やはりマネキンのような表情のまま動きがない。首を捻っていると、Aくんの横にいたチェーンくんが心配そうに「Aくん？」と彼の膝を触った。

瞬間、停止していた彼の自転車が、ぐんッと勢いよく前に進んだ。

前方に立っていたRさんに正面衝突する形になった。Rさんは吹っ飛び、Aくんは自転車ごと一回転する。悲鳴をあげたのは横でみていたチェーンくんだった。

なにが起こったのかわからないのはAくんも同じだった。

「痛ったあ……背中打ったあ……」と苦痛を訴えているが無事だった。

Rさんは後頭部を強打したが、大きなタンコブができただけだったそうだ。

「マジで痛かったです。ゲームのバグみたいでしたね。意外にママチャリも凶器になることを知りました、とRさんは笑っていた。

関西の下町で起こった、面白くも不思議な体験である。

語らなければ埋もれてしまうような体験に着目することです。怪談師の価値はそこにあるのかもしれません。どんな風景にも想いがあり、その想いに意味を求めるのが人間なのです。月や柳が不気味に感じる者にも、虹に吉兆を見出す者にも祝福あれ。

証　平成怪談

孫を寝かしつけるときにむかし話をしてくれた祖父や祖母。悪さをすれば怖いものがやってくると教えてくれた父親や母親。恐怖を楽しむために盛りあげてくれた友人たち。自らの体験を伝えてくれた体験者たち。戯れのような話でも、語りとして特化していく怪談師たち——職業ではなくとも皆、怪異を伝導する立派な語り手だった。

私の現在があるのも彼らのおかげで、感謝しかない。

おそらくこの本を手にとってくれた方々のなかにも将来、語り手や怪談師になりたいと夢抱いている方々がいるはずだ。あなたたちにこれだけは伝えたい。

この十年内だけでも、たくさんの怪談師たちが現れては消えていった。そのほとんどの者が、霊感があると強く主張したり、自分を優先させ人間関係を崩したり、ジャンルよりも自分を愛してしまったのだ。なりたいのは怪談師であって、霊能力者ではないはず。たくさんの知識や技術を学ぶため、人間関係は大切なはず。愛すべきなのは自分ではなく、同じ怪談を愛する者たちのはずだ。

精進を忘れず、己を殺してジャンルとむきあっていけば、きっといつか他人への思いやりと共に「証」をあなたは手に入れることができるだろう。

最後にたくさんの怪異談を私に運んでくれた平成そのものに感謝をこめて、時代の出来事を象徴するような怪談を並べていきたい。


Dさんという男性から、つい最近聞いた話である。

ある夜、Dさんは友人のJさんに誘われ家に遊びにいく。

珍しいブランデーをもらったから一緒に呑もうという誘いだった。

大の酒好きだったDさんは、日にちを決めて彼の家にいくことにした。


その夜、Dさんは彼の家でご馳走になっていた。

高校生の長女とJさんの奥さんも一緒だ。久しぶりに逢う長女は赤ん坊のときから知っていたので（もうすぐ大人だな）と子どものいないDさんは感慨深くなった。

テレビをみながら食事と酒を楽しむ。

皆でおしゃべりをしていると、次の番組がはじまった。

「激動の平成！」といった旨のタイトルで、ニュースをピックアップしたものだ。芸能界ネタや事件事故が混ざった内容だったが、なんとなく見入っていた。

九・一一テロの映像が流れ「このときビックリしたわね」と奥さんが眉をひそめた。

Dさんが「これな。まさかビルが崩れるとは思わなかったもん」とつぶやく。

「ママ、テレビの前で悲鳴あげてたもんね」

「ああ、当時これはやっぱり、ショックだったよな」

「そりゃそうよ。有名な建物だったし。私も観光にいったとき、みたんだもの」

「もうテレビの話題がこれ一色だったよね。パパがママを慰めてさ」

そこまで話すとすこし沈黙があって、Jさんがなにかを思いだしたように、

「お前、なんでそれ知ってるんだ？」

長女にむかって、そんなことを聞いた。

「え？　なんでって？」

「いやだから九・一一のとき、オレがママを慰めてたこと」

「そりゃあ、パパはむかしから優しいもの。この子ずっとみてきたんだから」

「うん。パパ、むかしからママのこと大好きだもんねー」

「いや、そうじゃあなくて」

Dさんも「うん、オレもさっきから思ってた」とJさんにうなずく。

「お前、まだこのとき生まれてないだろ？　ママ、妊娠すらしてなかったのに」

奥さんも「あ……あれ？」と気づいた。

長女は目を大きく見開いて「なにいってるの、ちゃんとみてたよ」という。

「そんなハズないだろ。生まれてないんだから」

「みてたってば。ほら、棚に象の人形があって。その横で立ってみてたよ」

「象の置物って……前の家だ。ここ、お前が生まれてから引っ越してきたんだぞ」

なぜか長女は以前に住んでいたマンションのことを知っていた。

Dさんもそのマンションに遊びにいったことがあった。

確かに部屋の端に設置していた棚には、海外で買ったという大きな象の人形があった。長女が正しいなら、彼女は部屋の隅からJさんたちをみていたことになる。

「きっと写真かなにかでみたんじゃないの。前の部屋の写真」

「違うって。Dおじさんも覚えてるよ。その部屋のテーブルでカードゲームみたいなのパパとふたりでやってたでしょ。わたしずっと立ってみてたもん」

Dさんと J さんの背中に、ぞっと寒気が走った。

確かに一時期、J さんと酒を呑みながら、トランプにハマっていたことがある。

「お前、立ってみていたって、そのときいったい何歳だよ」

聞かれて長女は「あ……ホントだ」と首をひねっていた。


彼女は現在十七歳で、来年高校二年生になる。

この話は地域名をすべて変更して記す。


フリーライターの V さんという男性から聞いた話だ。

東日本大震災から一年が経った夏、V さんのもとに取材の依頼がきた。

当初、津波の被害や避難所の取材だと思っていたが、予想と違った内容だった。

それは「地震を予知したと思われる数名の霊能力者への直接取材」。
（うさん臭いオカルトサイトからの依頼だったりしてな）
Vさんは鼻で笑ったが、依頼者を調べるとまったくその通りだった。
念のため添付された資料に目を通す。
単にひと言で「予知」といっても色々な種類のものがあり驚いた。
取材予定の数名は次のような者たちだったそうだ。
・事前に地震がおこるのを夢でみて知っていた者
・霊界からのメッセージで地震のことを聞いていた者
・亀から報せられた者
・狐を憑依させ先祖の声を聞いて忠告された者
・道で聞いた者
・集中して「ビジョン」を通して未来をみた者
Vさんは（かなりワケのわからない仕事になりそうだな）とため息をつく。
特に最後の「道」と「ビジョン」にいたっては予想もできなかった。
依頼を選ぶほど余裕がなかったVさんは、仕事を受けることにしたそうだ。

できるだけ交通費を安くするため、スケジュールを決める。

理想は全員を一カ所に集めての取材だが、現実は中々そうもいかない。電話取材ならもっと楽だが、もともとの依頼条件が「直接取材」だったので、Vさんはひとりひとりに連絡をとってスケジュールを立てた。

まず最初にこのメンバーのなかでは最も遠い宮城県にむかう。

そこでは「夢でみて知った」の四十代後半の主婦、夢さんと逢った。

夢さんの話は相当にベタなものであった。

地震が起こる数日前から、建物が崩れて海が押し寄せてくる夢を何度もみており、地震の当日には東京に逃げていたという。

「え？　東京にいたんですか？　旦那さんや家族と？」

「いいえ、私だけです。ちょうどカラーセラピーの講習があったので」

予知夢と講習の繋がりがわからず、Vさんは何度も聞き返した。

夢さんが話してくれた順番通りに並べると、予知夢のことは家族にも友人たちにも伝えることは一切せず、いつ地震がくるか日にちはわからなかったが、カラーセラピーの講習が入った日に地震が起こったので、講習を受けずに家にいたら危なかったが、家屋が倒壊するような地域でも津波被害にあった地域でもないので危なくはなく、家にいた家族も無事、仕事にいっていた家族も無事、とにかくみんな無事なのは予知夢のおかげということだった。

（ワケがわからない……この人はなにを話しているんだろう？）

むしろ東京にいたことで帰れなくなり、そっちのほうが本人は困ったそうだ。

（次は講習にいくと帰れない夢をみたほうがいい）と思いながら夢さんと別れた。

山形県では「霊のメッセージで予知」の二十代後半のＯＬ、霊さんに逢った。

霊さんの話は恐ろしかった。恐ろしいほどＶさんの予想通りの内容だった。ここに記すのも心苦しいが、まとめると「枕元でゆうれいが教えてくれた」という。

福島県では「狐を憑依させる」の四十代後半の女性、狐さんに逢った。

そこでＶさんは生まれて初めて狐語を聞くハメになった。

同じく福島県郡山市では「亀に報せられた」の五十代宗教法人、亀さんに逢った。てっきり爬虫類の亀のことだと思っていたが、それは依頼者のタイプミスらしく、実際は陶器でできた器の「甕《かめ》」だった。しかし、甕に顔を突っ込んで声を聞こうとする亀さんの姿にVさんは戦慄せざるを得なかった。

群馬県の「集中してビジョン」四十代前半の占い師、ビジョンさんはすごかった。なんせ集中するのに三時間、Vさんは黙って座らされていた。途中、眠気が襲ってきてウトウトと眠りかけるとビジョンさんが「集中してください！」と怒鳴ってくる。なぜVさんが集中しなければいけないのかは理解できなかったが、成功すると目の前にビジョンと呼ばれる画面が広がり、未来がみえるSFのような方法だった。ただ、この日は成功しなかったようで、明日から一週間の天候はわからないままだという。

さまざまな者たちに逢ったVさんは疲れていた。

ワケのわからない方法での予知の数々。不思議なことにその全員が女性で、なぜか事前にだれにも予知のことをいっていないという、実にムダな予知ばかりだった。わざわざ遠くまでいって取材する価値がそこに感じられない。

Vさんは東京の自宅にもどるなり、ベッドに倒れこんでつぶやく。

「なんでこんな日に……」

この数日、クタクタだったが明日で取材はすべて終わる。

渋谷で「道に聞いた予知」の道さんに逢うのが最後の予定だった。


ハチ公前で待ちあわせた道さんは二十代後半の物静かそうな女性だった。

喫茶店で話をはじめ、Vさんは驚いて声をあげてしまった。

「青森？　青森からきたんですか！」

てっきり渋谷に住んでいると決めつけていたが、そうではなかった。

道さんによると、自分の経験は予知などとは思えず、青森まできてもらうのは申しわけないと、この取材だけのために上京してきたということだ。

「仰ってくれれば、こちらから出向きましたのに。どうしてわざわざ」

「東京に一度、きてみたかったんです。仙台まではいったことがあるんですけど」

フリーライターに逢えるのが嬉しくて、今日を楽しみにしていたそうだ。

「いや、そんなたいした仕事じゃないですよ。山ほどいますし」

トンデモないひとたちと逢いすぎたのか、Vさんには彼女が光り輝いてみえた。

彼女が住んでいるのは漁業の盛んな港町だ。男は漁師、おんなは家庭という風習が強く残っている地域であり完全なる村社会で、もし都会で就職してもどってこようものならば村八分は避けられない閉鎖的なところらしい。

「死んだ母は外に出たら面白いものが沢山あるといっていましたが、でも私にはむいていないんです。町で育って植えられた考えや生き方が多すぎて。都会に出ることができない。だから人生で、上京するなんてことは数えるほどしかないんです」

道さんの話は興味深く、本題に入るまでずいぶん時間がかかってしまった。

「予知のことなんだけど……まず『道に聞く』ってどういうことなの?」

「ああ、簡単ですよ。予知っていうか、ただの占いです。だれにでもできます」

ガラス越しに外をみて「特にこの街なら」と道さんは微笑んだ。

Vさんと道さんは渋谷駅前交差点、信号の前に移動した。

道さんはまわりをみると「あそこですかね」となにやら場所をみつけた。

信号待ちの通行人たちからすこし離れた、歩道の端の柵まで歩いて止まった。

「この場所になにか特別なチカラとかあるの？」

「なにいっているんですか、ここならひとにぶつかったりしないでしょ」

いたずらっ子のように笑うと「こうするんです」と道さんは目を閉じた。

Vさんは不思議そうに彼女をみていた。すると道さんは目を開けて「なにしてるんですか、Vさんもやってみてください」と横に並ばせ、目を閉じさせた。

「そのまま耳をすませて。まわりのひとたちの声を聞いてください。バラバラに聞こえる色々なひとたちの声で聞こえた言葉、印象深い言葉を拾うんです」

「言葉を拾う？　どういうこと」

「聞こえてくる言葉、別に単語でもいいんです。やってみて」

Vさんは目を閉じて周囲の音に集中した。

ただの雑音にしか聞こえない喧騒だが、集中して聴くと色々な音が混ざっている。店から流れてくるBGM、しゃべっているカップル、通話している若者の声。

だからさ――お前が――私は一応いったんだよお――せっかくだから――みんなで今度――普通そういうこと――カラオケいったんだよね――今日どうする――。

「聞こえてくる言葉で文章に聞こえるものありませんか？　探してください」

例えばキミが――っていうか――もしかして――右のハンドルを――オレはわかんないけど――事務に聞いてもらったら――五万円とか高すぎ――ああ、もしもし聞こえるかな――結局どうしろって――ゆきやんが先に――映画とか観に――焼肉定食しか食べない――絶対に――おもしろいよ――ぐーちょきぱあ――底が――壊れて――閉め――霧が――マニアはない――メモリ――角って――大丈夫か――。

Vさんが目を開けると「どう、聞こえました？」と道さんが聞いてくる。

「強いて……強いていうならだよ。ぱあ、底が、壊れて、閉め、霧が……」

「そう！　そういうことです！　それで？　それで？」

「マニアはない、メモリ、角って、大丈夫か」

〈パソコンが壊れて締め切りが間にあわない、メモリーカードって大丈夫か〉

「できたじゃないですか！　面白いでしょ？　もっともっと聞いてください！」

道さんは面白がって、飛び交う言葉を何度も彼に拾わせた。

後になってVさんが調べたところ、これは「辻占《つじうら》」と呼ばれるものに酷似していることとがわかった。十字路に立って耳をすませ、偶然聞こえた言葉を神のお告げとする占いだ。もちろん人間は好きな情報を選ぶ習性があるので、都合のいい占いともいえるのだが——道さんはそうは思っていないようだった。

「初めて聞いたのは母がなくなる日だったんです、そのとき聞こえたのは」

〈母親が交通事故で危ないからいますぐに病院に走れ〉

「それから交差点で時々、耳をすませているんです。いいこともあれば悪いこともありますが、けっこう当たるんです。これからも是非やってみてくださいね」

Vさんは渋谷駅まで道さんを送ると、また喫茶店にもどり余韻を楽しんでいた。

(あの子、面白い子だったな)

なにかに意味を見出せるということは素晴らしいな、と思ったそうだ。

だが——ふたつ不気味さが残った。

ひとつは翌日、Vさんのパソコンが本当に壊れたということ。もうひとつは、道さんがどのような言葉を聞いて、地震を予知したかということだった。

〈明日、ひとがたくさん亡くなる災害のはじまり、そのいっかいめ〉

タレントの泉ゆうこさんの話に類話があったが、あえて記しておく。


Tさんがまだ幼いころ、阪神淡路大震災が起こった。

彼はまだ三歳だったので、なにも覚えていない。大きな地震があったことは知っていたし、自分の父親と母親はそのとき亡くなったと聞いていた。

両親を失ったTさんをひきとったのは、貧しい祖母だった。

祖母は躾が弱いにもかかわらず、惜しみない愛情をTさんに注いだ。

それがマズかったのか、中学生になったTさんは非行に走るようになる。

悪友たちとバイクを盗み、深夜まで走りまわる日常が続いた。

警察の世話になることも多く、そのたびに祖母はTさんを迎えにいった。

「おい、お前んトコのバアちゃんきたで。相変わらずヨボヨボやのう」

警察署の待合室で友人が指をさした。

Tさんが黙って受付に目をやると、何度も頭をさげる祖母の姿がみえた。

警察官は腕を組んで、彼女にむかって怒りをぶつけているようだった。

「ははっ。お前のバアちゃん、ポリにめっちゃ怒られてるやん。面白いな」

「……面白ないわ。オレ、先に帰っていいんか？　待とうか？」

「先、帰れや。どうせウチの母ちゃん仕事や。朝にならんと来えへんやろ」

そうか、とTさんは友人の肩を叩いて立ちあがった。

祖母のもとにいくと「Tちゃん、無事か、怪我ないんか」と声をかけてきた。

「怪我なんかあるか。補導されただけや。もうええやろ、帰ろ」

その態度に警官は不満そうだったが、Tさんは先に署をでていった。

後ろから遅れて祖母がTさんを追いかけてくる。

「あんた、ちゃんと最後、お巡りさんにありがとう言わな」

「なんでや。むこうが無理やり連れてきたんや。今日はバイク乗ってへんのに」

駅にむかって夜道を歩くふたりのあいだには距離があいていた。歩幅が違うので仕方がない。途中、祖母は飲食店の前で立ち止まり「こんな遅くまでやってるねんな。T

ちゃん、うどん屋さんあるで。お腹すいてへんか？」と聞くが、彼は返事をせず代わりに唾を吐いて歩いていく。

駅に到着して後ろを振り返ると祖母はずいぶん離れたところを歩いていた。

先に帰りたいがポケットには数百円しか入っておらず、それを使うのが惜しいので祖母がくるのを待っていた。

「さっきのうどん屋さんな、鴨南蛮あったわ。今度、来ような」

息を切らせながら笑っている祖母をみて、Tさんはうんざりしていた。

「あ、切符な。ちょっと待ちや、すぐ買うからな」

祖母はよたよたと券売機までいくと、ポシェットから財布をとりだす。

券売機の前で祖母は小銭を地面にバラまいてしまった。慌ててしゃがみこみ、小銭を拾う背中を見下ろしながら、Tさんは（惨めなババアや）と思っていた。

買ってもらった切符を受けとると、Tさんは先に駅へ入る。

ちょうど電車がきたところだった。

改札を振り返ったが、祖母はまだ自分の切符を買おうとしているところだ。

Tさんは祖母を待たずに電車に乗った。

車両はだれもおらず座席にひとり腰かける。車窓からは神戸の街灯りがみえていたが彼は目をつぶり、明日は学校休んで悪友の家へ遊びにいこうかと考えていた。

電車を降りて、帰路につこうとしたときTさんは空腹を感じる。

目の前にあったコンビニで、棒つきフランクフルトを買った。

ちいさな容器に入ったケチャップをかけて、食べ終わると棒を投げ捨てる。

棒を持っていた指に、ぬるりとした感触があった。

フランクフルトにかけたケチャップが、月明かりに照らされ指にベッタリとついている。それを目にした瞬間、ぱッと目の前の風景が消えた。


男がうめき声をあげて激しく息を切らす。

『はあ、はあ、はあ、ぐうう……』

震えるようなおんなの声がすぐ近くで聞こえる。

『大丈夫……なあ、大丈夫なん……？』

『はあ、はあ、アカン、痛い、足と、は、腹になんか挟まってるか、刺さってる』

『どうしよ……どうしよう……』

『お、お前は？　大丈夫なんか？』

『わからん……アタマ痛いけど、わからん』

まわりは真っ暗でなにもみえない。

子どもはすぐ隣にいるおんなが震えていることだけがわかった。

状況に耐えることができなくなったおんなは、悲鳴をあげて助けを呼んだ。

『どうなってるん……どうしたらいい……』

『はあ、はあ、ま、まわりみろ、なんか、なんか見えるか？』

『頭がこっちにあるから、多分むこうが玄関で、あっちが台所。窓は……』

『どや？　なんか……ぐうう、痛い……なんか見えるんかって！』

『あっち……あっちが窓の多い部屋やから、あいだをぬっていけば……』

『あそこは土壁や、崩れて外にでる隙間があるかも。その子つれて行ってみ』

『あんた、そこで待っとき、私、誰か呼んでくるから……』

おんなは子どもを抱えながら躰をくねらせ、柱と柱のあいだに入っていった。

子どもは、本能なのか、異常なことが起こっているのを察知しているようで、なにもいわず、黙っておんなの躰にしがみついていた。

暗闇ばかりで、おんなの心音が耳元で太鼓のように鳴っていた。

足元で聞こえていた男のうなり声が、ゆっくりと離れていく。

代わりに今度はおんながうなり声をあげだしていた。

時折、子どもの頭に柱の固い感触がごつごつと当たってきた。その度にてのひらが頭と柱のあいだに挟みこまれた。子どもの躰を守ることと、自分の進む先をみつけることに、おんなは全神経を集中させていた。

冷たい風が吹いてくるのがわかる。彼女もそれが感じられるようで、風のくる方向に躰をくねらせ、進んでいく。家の周囲の喧騒が聞こえてきた。やはりどこかが開いている——外へでることができるのだ。

そのとき『うッ』と声をあげ、おんなは嘔吐しているようだった。

『もうすこし、お願い、もうちょっとだけ……』

ついに外のわずかな月明かりが確認できる隙間をみつける。

しかし、柱と柱のあいだは狭すぎて、躰を入れることができない。

仕方がなく二の腕まで外にだすと、できるだけ大きく腕を振り『ここ、だすけて、ここ、だすけて』と叫んだが、息が苦しいのか、声にすらなっていない。

せめてこの子だけでもと思ったのか、子どもを頭から隙間に通そうとする。それでもやはり狭く、子どもは躰を離されたのが怖かったのか、手足をバタつかせた。

子どもを再び抱きかかえると、おんなはまた腕を外にだして『だすけで、だれか、だすけで』と泣きながら腕を振り続けた。

すると『そこにおるんか！』と外から老婆の声が聞こえてきた。

腕を引っこめると、眩しいひかりが暗闇を照らした。

老婆は『あんた、大丈夫か！』と懐中電灯で隙間を照らして悲鳴をあげた。そのとき子ども自身も、初めておんながどういう状態なのかがわかった。頭から絶え間なく流れてくる血液で顔は真っ赤だった。内臓を損傷しているらしく、彼女は血を吐きながらつぶやく。

『お母ざん……出られへん、出られへんねん……』

老婆は涙を流しながら立ちあがると、柱を動かそうとした。

柱は重すぎてビクとも動かない。

『お母ざん、無理やから……わかっだ……貸しで、電気……懐中電灯……』

いまにも消え入りそうな声で老婆に懇願した。

渡された懐中電灯でおんなは子どもの顔を照らした。

『大丈夫やがら……じっと……じっとして……』

そういうと、おんなは自分のてのひらで顔の血をぬぐって子どもに塗りつけた。

血液の熱を感じた子どもは、怖がってまた抱きつこうとする。

『じっと……じっとして……良い子やがら……』

おんなは子どもの服を脱がし裸にすると、自分の血を躰中に塗りつけていった。

そして真っ赤に染まった子どもをもう一度、柱の隙間に押しこんだ。ぬるり、と躰が隙間に入っていく。血液の粘りが躰を滑らせて、子どもは外に出る事ができた。

老婆は子どもを抱きかかえると隙間を覗きこむ。おんなは弱々しく、赤く染まった指を伸ばして、老婆に抱かれている子どもの顔に触れた。

おんなは『……Tくん』と、ひと言つぶやいて静かになった。


Tさんは自分の指についたケチャップをみたまま、呆然としていた。

自分は母親が死ぬのを目の前でみていた。記憶の老婆は、先ほど駅にとり残してきた祖母だ。「月夜のひかりに照らされた赤い指」で瞬時に記憶がよみがえったのだ。

立ち尽くすTさんの横を男女が通り過ぎ、反射的に振り返る。

見覚えのある男とおんな――両親がにっこり笑って、Tさんをみていた。

両親はこちらをむいたまま歩き、街灯のひかりに溶けこむように消えていった。


よたよたと改札口からでてきた祖母はTさんをみつけた。

「あら。あんた、待っててくれたんか?」

嬉しそうに微笑む祖母をみて、Tさんの胸が熱くなった。

溢れてくる大粒の涙がどこからくるものか、わからない。ただ申し訳ないという気持ちがどうしようもなく膨らんで「ごめん……ごめんな」と謝るしかなかった。

祖母は一瞬、驚いたようだがすぐに「もう遅いから、帰ろ」とTさんの手を握った。

「生きてくれてるだけでいいねん。色々と不満かもしれんけど、そのうち良くなる」

そういって微笑んだ祖母の顔は、母親にそっくりだった。


現在、Tさんは神戸の会社に勤めており、いまも祖母と暮らしている。

怪談師の証　呪印

2019年5月4日　初版第1刷発行

著者　伊計　翼
発行人　後藤明信
発行所　株式会社 竹書房
〒102-0072 東京都千代田区飯田橋2-7-3
電話03（3264）1576（代表）
電話03（3234）6208（編集）
http://www.takeshobo.co.jp
印刷所　中央精版印刷株式会社

定価はカバーに表示しています。
落丁·乱丁本の場合は竹書房までお問い合わせください。
©Tasuku Ikei 2019 Printed in Japan
ISBN978-4-8019-1852-8 C0193